낭송

경상남도의 옛이야기

이 책은 한국학중앙연구원(www.aks.ac.kr)이 설화, 민요, 무가 등의 구비문학 자료를 수집정리하여 출간한 '한국구비문학대계' 85권 가운데 『한국구비문학대계 8-1 경상남도 거제군편(1)』,『한국구비문학대계 8-2 경상남도 거제군편(2)』,『한국구비문학대계 8-3 경상남도 진주시·진양군편(1)』,『한국구비문학대계 8-4 경상남도 진주시·진양군편(2)』,『한국구비문학대계 8-5 경상남도 거창군편(1)』,『한국구비문학대계 8-6 경상남도 거창군편(2)』,『한국구비문학대계 8-7 경상남도 밀양군편(1)』,『한국구비문학대계 8-8 경상남도 밀양군편(2)』,『한국구비문학대계 8-9 경상남도 김해군편』,『한국구비문학대계 8-10 경상남도 의령군편(1)』,『한국구비문학대계 8-11 경상남도 의령군편(2)』,『한국구비문학대계 8-12 경상남도 울산시·울주군편(1)』,『한국구비문학대계 8-13 경상남도 울산시·울주군편(2)』,『한국구비문학대계 8-14 경상남도 하동군편』에서 풀어 읽은이가 선별하여 내용을 추리고 낭송에 적합하도록 윤문한 것으로, 한국학중앙연구원의 저작물 이용 허락을 받았습니다.

낭송Q시리즈 민담·설화편 **낭송 경상남도의 옛이야기**

발행일 초판1쇄 2017년 3월 20일(丁酉年 癸卯月 丙午日 春分) | **풀어 읽은이** 이소민 |
펴낸곳 북드라망 | **펴낸이** 김현경 | **주소** 서울시 중구 청파로 464, 101-2206(중림동, 브라운스톤서울) |
전화 02-739-9918 | **이메일** bookdramang@gmail.com

ISBN 979-11-86851-51-7 04810 979-11-86851-49-4(세트) | 이 도서의 국립중앙도서관 출판시도서목록(CIP)은 서지정보유통지원시스템 홈페이지(http://seoji.nl.go.kr)와 국가자료공동목록시스템(http://www.nl.go.kr/kolisnet)에서 이용하실 수 있습니다.(CIP제어번호: CIP2017005513) | 이 책은 지은이와 북드라망의 독점계약에 의해 출간되었으므로 무단전재와 무단복제를 금합니다. 잘못 만들어진 책은 서점에서 바꿔 드립니다.

책으로 여는 지혜의 인드라망, 북드라망 **www.bookdramang.com**

낭송
Q
시리즈

민담·설화편
02

낭송
경상남도의 옛이야기

이소민
풀어
읽음

터

1. '낭송Q'시리즈의 '낭송Q'는 '낭송의 달인 호모 큐라스'의 약자입니다. '큐라스'(curas)는 '케어'(care)의 어원인 라틴어로 배려, 보살핌, 관리, 집필, 치유 등의 뜻이 있습니다. '호모 큐라스'는 고전평론가 고미숙이 만든 조어로, 자기배려를 하는 사람, 즉 자신의 욕망과 호흡의 불균형을 조절하는 능력을 지닌 사람을 뜻하며, 낭송의 달인이 호모 큐라스인 까닭은 고전을 낭송함으로써 내 몸과 우주가 감응하게 하는 것이야말로 최고의 양생법이자, 자기배려이기 때문입니다(낭송의 인문학적 배경에 대해 더 궁금하신 분들은 고미숙의 『낭송의 달인 호모 큐라스』를 참고해 주십시오).

2. 낭송Q시리즈는 '낭송'을 위한 책입니다. 따라서 이 책은 꼭 소리 내어 읽어 주시고, 나아가 짧은 구절이라도 암송해 보실 때 더욱 빛을 발합니다. 머리와 입이 하나가 되어 책이 없어도 내 몸 안에서 소리가 흘러나오는 것, 그것이 바로 낭송입니다. 이를 위해 낭송Q시리즈의 책들은 모두 수십 개의 짧은 장들로 이루어져 있습니다. 암송에 도전해 볼 수 있는 분량들로 나누어 긱 고진의 맛을 머리로, 몸으로 느낄 수 있도록 각 책의 '풀어 읽은이'들이 고심했습니다.

3. 최고의 양생법이자 새로운 독서법으로서의 '낭송'을 처음 세상에 알린 **낭송Q시리즈의 시즌 1**은 **동청룡·남주작·서백호·북현무편**으로 이루어져 있으며, 사계절의 기운을 담고 있는 것을 특징으로 합니다. 동청룡편에는 봄의 창조적 기운, 남주작편에는 여름의 발산력과 화려함, 서백호편에는 가을의 결단력, 북현무편에는 지혜와 상상력을 키울 수 있는 고요함을 품은 고전들이 속해 있습니다. 각 편 서두에는 판소리계 소설을, 마무리에는 네 편으로 나눈 『동의보감』을 하나씩 넣었고, 그 사이에 유교와 불교의 경전, 동아시아 최고의 명문장들을 배열했습니다.

▷ <u>동청룡</u>: 『낭송 춘향전』, 『낭송 논어/맹자』, 『낭송 아함경』, 『낭송 열자』, 『낭송 열하일기』, 『낭송 전습록』, 『낭송 동의보감 내경편』

▷ <u>남주작</u> : 『낭송 변강쇠가/적벽가』, 『낭송 금강경 외』, 『낭송 삼국지』, 『낭송 장자』, 『낭송 주자어류』, 『낭송 홍루몽』, 『낭송 동의보감 외형편』

▷ <u>서백호</u> : 『낭송 흥보전』, 『낭송 서유기』, 『낭송 선어록』, 『낭송 손자병법/오자병
법』, 『낭송 이옥』, 『낭송 한비자』, 『낭송 동의보감 잡병편 (1)』
▷ <u>북현무</u> : 『낭송 토끼전/심청전』, 『낭송 도덕경/계사전』, 『낭송 대승기신론』, 『낭송
동의수세보원』, 『낭송 사기열전』, 『낭송 18세기 소품문』, 『낭송 동의보감 잡병편 (2)』

4. **낭송Q시리즈 시즌 2**의 선발주자인 **샛별편**과 원문으로 읽는 **디딤돌편**은 고전
과 몸 그리고 일상이 조화를 이루는 훈련으로서의 낭송에 초점을 맞추었습니다.
샛별편에는 전통시대의 초학자들이 제일 먼저 배우며 가장 오래도록 몸과 마음에
새겨놓은 고전을 담았고, 원문으로 읽는 디딤돌편은 몸으로 원문의 리듬을 익혀
동양 고전과 자유자재로 접속할 수 있는 힘을 키울 수 있도록 했습니다.
▷ <u>샛별편</u>: 『낭송 천자문/추구』, 『낭송 명심보감』, 『낭송 격몽요결』
▷ <u>원문으로 읽는 디딤돌편</u>: 『낭송 대학/중용』

5. 낭송Q시리즈 **민담·설화편**은 낭송Q시리즈 시즌 2의 연장으로, 입에서 입으로
전해지는 낭송의 진수를 보여 주는 **우리나라 각 지역의 옛날이야기들을 모았습니
다.** 낭송을 통해 잊혀져 가는 우리의 옛이야기를 모든 세대가 공유했으면 하는 소
망과 서로 옛이야기를 들려주고, 호응하며 자연스레 소통의 방법을 터득했으면
하는 바람을 민담·설화편에 담았습니다. 또한 맛깔나고 정감 있는 각 지역의 사투
리를 살려 낭송의 맛을 더했습니다. 『낭송 경기도의 옛이야기』, 『낭송 경상북도의
옛이야기』, 『낭송 경상남도의 옛이야기』, 『낭송 제주도의 옛이야기』를 필두로, 강원
도·충청도·전라도의 옛이야기들이 다음 순서를 기다리고 있습니다.

6. 낭송Q시리즈 민담·설화편인 이 책 『낭송 경상남도의 옛이야기』는 『한국구비문
학대계』 거제군편, 진주시·진양군편, 거창군편, 밀양군편, 김해군편, 의령군편, 울
산시·울주군편, 하동군편을 대본으로 하여 풀어 읽은이가 그 편제를 새롭게 해서
각색하고 엮은 것입니다. 단, 각 이야기의 출처 지역은 행정구역의 변동 등으로 분
명치 않은 곳이 있어 『한국구비문학대계』에 표기된 지역을 그대로 따랐습니다.

3부
명당 찾아 잘 살아 보소 77

慶尚南道

낭송
경상남도의
옛이야기

머리말

생명력 넘치는
우리네 삶 이야기

1.

추석에 가족들과 할머니 집으로 가는 중이었다. 난 그 틈을 타 가족들에게 옛이야기를 들려주었다. 임산부에게 문고리를 삶아 먹였더니 안 나오던 아이가 쑥하고 나왔다는 이야기였다. 엄마는 어디에선가 들어 본 것인지 중간중간 추임새도 넣으며 듣고 계셨지만, 옆에 있던 동생은 이야기가 끝나자마자 볼멘소리를 했다. "노잼!" '노잼'이라니! 노잼은 재미가 없다는 뜻이 아닌가? 당시 한참 옛이야기를 모으며 재미를 붙였을 때였는데, 나는 동생의 시큰둥한 반응에 뭐라고 속 시원하게 대답해 줄 수가 없었다. 분명히 노잼은 아닌데 그렇다고 딱히 빅재미라고 설명할 수도 없는 답답함. 그래서 찾아보고 싶었다. 내가 느꼈던 옛이야기의 재미는 무엇이었을까?

생각해 보면 나도 처음 옛이야기를 접했을 땐 그다지 재밌지 않았다. 어릴 때 어른들로부터 옛날이야기를 들어 본 적도 없었다. 기껏해야 TV 만화영화 '배추 도사 무 도사'나 '은비 까비'를 본 것이 전부였다. 어찌 보면 이번 작업을 통해서야 옛이야기와 제대로(!) 만나게 된 셈이다. 처음 만난 옛이야기는 많이 낯설었다. 이야기가 매끄럽게 진행되기는커녕 예상을 뒤엎는 경우도 많았다. 예를 들면, 바람에 날아가 버린 갓을 원님에게 찾아 달라고 하질 않나 원님은 바람을 불게 해 달라고 기도한 어부들에게

변상하라고 하질 않나. 상식적으로 이해되지 않는 해결책이었다. 그런데 신기하게도 문제는 어떻게든 해결되었다! 또 옛사람들은 얼마나 당당한지 자의식이라곤 찾아볼 수 없었다. 작은 머슴은 머슴이라고 장가 못 가는 법이 어디 있느냐며 재치 있게 큰 머슴을 과부와 함께 살게 해주고, 키 작고, 눈 작고, 코도 둥글넓적한 꼴뚝각시도 스스로 혼인 상대를 찾아 나선다.

옛이야기는 하나의 정답, 하나의 해결책만을 강요하지 않는다. 무언가 다듬어지지 않은, 규정되지 않은 생생한 삶이 펼쳐진다. 난 이런 '날것의 이야기'에서 왠지 모를 자유로움을 느꼈다. 이 자유로움은 어디서 온 것일까? 우리는 어쩌면 어떻게 살아야 한다고 규정된 틀에서 살고 있는지도 모른다. 이 틀에서 벗어나면 자기 비하를 하거나 끝없이 남들과 비교하곤 한다. 사실 살아가는 데 하나의 정답은 없다. 사람마다 생긴 것도 다르고 기질도 다른데 어떻게 같은 삶의 방식으로 살 수 있겠는가. 오직 각자의 기준으로 살아갈 뿐이다. 어디에도 어느 기준에도 속하지 않는 생생한 삶! 자신의 삶을 살아가고 있다는 당당함에서 자의식 없는 머슴, 꼴뚝각시의 배짱이 생길 듯하다.

옛이야기는 온갖 삶에 관한 이야기다. 삶에는 희로애락이 있다. 기쁜 일이 있어도 슬픈 일이 있어도 감정은 지나가고 삶은 계속된다. 만약 한 사건에만 머물러 있다면 지금 당장 해야 할 일을 할 수가 없을 것이다. 하지만 요즘 사람들은 일상 밖의 다른 자극적인 '재미'를 찾는다. 그리고 그 '재미'가 지속되길 원한다. 일상과 분리된 자극적인 것들이 잠깐은 즐겁게 해줄 수 있지만, 자극적인 음식만 매일 먹을 수 없듯이, 이야기 또한 그렇다. 담담한 맛, 평범한 맛, 매일매일 먹을 수 있는 쌀밥(ㅆ) 같은 이야기가 우리 삶에 힘이 되어 준다. 지금까지 전해지는 옛이야기는 오랜 세월을 살아 낸 생명력 넘치는 것들이기 때문이다.

이제는 말할 수 있겠다. 옛이야기는 '빅재미'는 아니지만 '노잼'도 아니라고. 그저 담담한 우리네 삶의 이야기라는 것을 말이다. 옛이야기 낭송은 천천히 '자기 속도'를 찾아 주며 현재의 삶으로 돌아오게 한다. 또 그 어떤 기준으로부터 자유로워지는 경험도 가능할 것이다. 몇 백 년 동안 이어졌는지 모르는 이야기가 나에게 왔고 다시 나를 통해 누군가에게로 다가간다. 내가 죽더라도 이야기는 남을 것이다(ㅆ). 고로, 삶이 지속되는 한 옛이야기는 영원할 것이다.

2.

경상남도는 지리적으로 산, 바다, 평야가 조화를 이루고 있다. 산청, 함양이 속한 지리산과 부산, 거제 등의 바닷마을 그리고 밀양, 창원 등의 평야가 펼쳐진 곳까지. 그래서일까? 경상남도의 옛이야기는 배경과 등장인물, 사건이 지역별 특색을 가지고 다양하게 펼쳐진다. 조화로운 지리적 환경만큼이나 다양한 이야기들이다.

1부는 의로운 인물들이다. 경상남도는 최초로 의병이 발생했던 곳인 만큼 백성들의 자발적 힘이 강했던 곳이다. 임진왜란 때 승병을 이끈 사명대사가 밀양 무안면 출신이며, 그의 흔적이 밀양 곳곳에 남아 있다. 조선 중기의 대표 도학자 남명 조식 또한 지리산에 은둔하며 학문하였다고 한다. 그의 제자였던 홍의장군 곽재우와 광해군의 신임을 받아 삼정승을 지낸 정인홍의 이야기도 넣었다. 인물들의 비범함과 그들이 임진왜란 당시 어떤 기지를 발휘했는지 살펴볼 수 있다. 더불어 경상남도에서 유명했던 의적의 이야기도 넣었는데, 그들은 비록 도적이었지만 힘없고 굶주리는 사람들과 함께한 의로운 사람들이었다.

2부와 3부는 점쟁이와 풍수에 관한 이야기로 묶어 보았다. 사람들은 삶이 힘들 때, 점쟁이와 풍수가를 찾곤 한다. 경남 지역에 점쟁이나 풍수가 이야기가 많이 전승되었던 건 임진왜란 때 힘들었던 백성들의 삶이 투영된 것 같다. 점쟁이 이야기는 특히 경남 중에서도 의령에서 많이 전해진다. 의령에 있는 자굴산은 영험하기로 유명하다. 게다가 의령은 홍의장군 곽재우가 이끈 최초 의병의 발생지로 지역의 기세가 남달랐음을 알 수 있다. 고로 의령의 정기로 왕태사를 비롯한 영험한 점쟁이가 많이 존재했다는 것을 알 수 있다. 풍수담은 지역에 상관없이 널리 퍼져 있는데, 특히 경남에서는 유명한 풍수가였던 성지 이야기를 연달아 만나 볼 수 있다.

4부는 해결사들의 이야기다. 창녕현감으로 재임하면서 '고창녕'으로 불린 고유高裕와 원님의 문제를 해결해 주는 원님의 아내 또 도둑을 찾아 주는 게 아니라 도둑이 가져간 물건을 찾아 주는 만송어른 등 해결사의 역할을 한 사람들의 이야기를 모았다. 고창녕을 포함한 다른 해결사들의 판결은 지금의 '과학수사'와는 사뭇 다르다. 그들의 판결은 잘잘못을 떠나 백성의 처지를 헤아리고 재치 있는 방법으로 문제를 해결하는 방식이다. 경남에 이런 해결사들의 이야기가 많이 전승되었던 건 그만큼 현명한 명판관들이 경남에 많았다는 사실을 알려준다. 해결사들의 이야기를 하며 자신의 문제가 대신 해결되는 시원함도 맛볼 수 있었을 것이다.

5부는 효孝에 관한 이야기다. 효에 관한 설화는 전국적으로 분포되어 있으며, 그중 경남지역에서 유명하게 전해지는 이야기들을 모아 보았다. 부모를 위해 자식을 내주는 효자에서부터 부모가 하고 싶은 대로 하게 두어야 한다는 효자, 반대로 부모가 불효자를 효자로 만드는 이야기 등이 담겨 있다. 또 효자와 호랑이의 우정에 관한 이야기도 넣었다. 살아가면서 부모님과의 관계를 어떻게 맺어야 하는지에 관한 고민을 누구나 한 번쯤은 해 보았을 것이다. 이 이야기들을 통해 과연 효란 무엇인지에 관해 생각해 볼 기회가 될 것이다.

6부는 혼인에 관한 이야기를 모았다. 보통 경남 사람들은 보수적이고 가부장적이며 무뚝뚝하다고 생각한다. 하지만 혼인하면서 벌어진 이야기들은 기존의 경남 사람들의 이미지와는 전혀 달랐다. 그들은 유쾌하고 재기발랄했다. 그렇다면 경남의 여성들은 어떠한가? 남성우월주의에 의해 수동적일 거라 생각했는데 그것은 내 편견이었다. 오히려 그녀들은 자존감이 높았고 자신의 운명을 적극적으로 만들어 가는 존재들이었다.

7부는 변신이라는 주제로 묶어 보았다. 경남은 특히나 변신의 범위가 넓다. 사람이 소로 변하는 것뿐만 아니라 지네와 가물치가 사람이 되고, 여우가 딸이 된다. 변신 이야기는 세상에 인간만 존재하지 않다는 것을 알려준다. 인간이라는 형태도 기氣가 잠시 뭉친 상태일 뿐, 죽은 후에는 지금의 형태를 벗어나 다른 것이 될 수 있다. 변신 이야기로 인간을 벗어난 다른 세계로의 경험이 가능할 것이다.

3.

이제야 고백하자면 난 경상도 사람이 아니다. 경상도의 옛이야기를 읽으며 내용은 대충 파악했지만, 사투리가 문제였다. 일단 경상도 사투리는 줄임말이 너무 많았다. 섬세하게 의미를 살리고 낭송하기 좋게 다듬으려면 혼자선 불가능했다. 그래서 『낭송 경상남도의 옛이야기』의 책 작업을 시작하자마자 경상도가 고향인 친구들을 불러 모았다. 그들의 사투리 감각이 절실히 필요했다. 친구들과 함께 제대로 전달될 수 있도록 고치고 또 고쳤다. 중간 정도 고치는 작업을 진행했을까. 어느새 내 안에서 사투리를 하고 싶은 욕망이 마구 생겼다.

사투리는 그 지역의 공감대를 형성한다. 같은 지역, 같은 정서를 갖는 사람들끼리 사용하는 언어가 있다. 마치 외국에서 한국어가 들리면 왠지 반가운 것처럼 사투리는 경남 사람들을 하나로 묶어 준다. 사투리를 쓰는 순간 나도 경남 사람이 된 것 같았다. 사투리를 연습해서 그들과 통(!)하고 싶었다. 서울 사람이 사투리를 배운다는 건 마치 외국어를 배우는 것과 같은 노력이 필요하다. 그런데도 내가 사투리를 배우려는 건 또 다른 언어 감각을 익힘으로써 새로운 시선을 얻기 위해서였다. 새로운 시선은 관계의 확장으로 이어진다. 나아가 그들의 삶까지 이해하게 될 것이다.

그래서 감히 어느 지역에 사는 누구라도 『낭송 경상남도의 옛이야기』를 사투리로 낭송하길 추천한다. 새로운 감각을 익히기 위해 낭송하려는 의미도 있지만 일단 사투리 낭송은 재미있다. 특히 경상도 사투리는 음의 높낮이 때문에 마치 중국어를 배우는 것과 같은 느낌이 든다. 아마 서울 사람이 하는 경상도 사투리를 들으면 피식 웃음이 날 것이다. 평소에는 약간의 사투리 억양만 쓰던 친구에게 본격적으로 사투리를 읽어 달라 하니 역시 네이티브는 달랐다. 그냥 읽어 달라고만 했을 뿐인데, 스스로 무척이나 재밌어 했다. 물론 배우는 나도 즐거웠다. 낭송하면서 표준어만 사용해야 한다는 답답함에서 벗어난 느낌이었다.

친구와 경상도 사투리를 쓰고 있으니 옆에 있던 친구들이 하나 둘 어색하게나마 따라했다. 어느새 우린 함께 낭송하기 시작했다. 옛이야기 낭송이 사람을 불러들인 것이다. 예전엔 사람이 모인 곳에서 이야기가 시작되었다면, 이젠 반대로 이야기가 사람을 불러 모은다. 각 지역에서 오래도록 전해지는 이야기인데다 사투리까지 살려서 하는 낭송이라니! 옛이야기 낭송은 내용 자체도 재밌을뿐더러 대화가 많아 주거니 받거니 상황극을 하기에도 좋다. 물론 혼자 낭송해도 좋지만, 단체로 낭송하면 재미는 더 커진다. 또 옛이야기는 세대를 넘어 누구에게나 해줄 수 있고 들을 수 있다. 그것은 삶에 관한 이야기이기 때문이다. 옛이야기는 이처럼 지역과 세대를 연결해 주는 역할을 한다.

『낭송 경상남도의 옛이야기』를 작업하며 여러 옛이야기를 만나게 되었다. 또 이야기를 함께 읽어 준 친구들까지. 책이 마무리되어 가면서 사투리로 보는 '새로운 시선'을 얻게 되어 조금은 편안해짐을 느꼈다. 또 하나 얻은 것이 있다면 낭송 작업을 함께한 친구들과의 우정이다. 친구들은 마치 자기 일처럼 사투리 윤문을 도와주었다. 그들의 도움이 없었다면 서울 출신인 내가 감히 경상도 지역의 옛이야기를 쳐다볼 생각조차 하지 못했을 것이다.

앞으로 『낭송 경상남도의 옛이야기』 낭송이 사람과 사람을 연결하는 책이 되었으면 한다. 더불어 새로운 시선으로 조금은 자유로운 경지를 느껴 보시길 바란다!

1부

의로운 인물들

1-1. 사명대사① ― 임 진사, 사명대사 되다

밀양 무안면에 임진사라는 사람이 있었어. 진사과에 급제해서 임진사라고 불렸는데 전처가 아들 하나를 낳고 죽어서 다시 결혼을 했어. 후처도 아들 하나를 낳았지.

전처가 낳은 큰아들이 장성해서 장가를 가게 됐어. 결혼 첫날 밤 신랑 신부가 모두 깊은 잠에 들었는데 임진사 후처의 몸종이 남편을 시켜 신랑을 죽이게 했어. 신랑의 목을 베어서 명주수건으로 꽁꽁 동여 맨 다음 항아리에 넣어서 다락에 숨긴 거야. 새벽에 신부가 눈을 떠 보니 신랑이 목이 잘린 채로 그 지경이 된 거야. 신부가 얼마나 놀랐겠어. 기절을 할 일이지. 한참 후 정신을 차려 보니 꼼짝없이 누명을 쓰게 된 거라. 신부는 시집 식구들 몰래 도망을 쳤어.

다음 날 아침 임진사댁은 난리가 났지. 오죽하겠어, 신랑은 죽고 신부는 도망갔으니. 사람들이 수군댔어.

"이거는 틀림없이 새색시가 다른 남잘 시켜서 죽인 거다."

이 일을 꾸민 임진사의 후처는 몸종 부부에게 땅을 떼어 주고 멀리 떨어진 곳에 가서 살게 했어.

첫날밤에 그런 끔찍한 일을 당한 신부는 어떻게 되었을까? 그녀는 신랑의 한을 풀고 자신의 누명을 벗으려고 전국을 떠도는 방물장사가 되었어.

한참이 흘러 섣달 그믐날 색시는 어느 농가에 들어가 하루를 묵게 되었어. 그믐날이라 할멈은 떡방아를 찧으러 가고 영감은 낮잠을 자며 잠꼬대를 하는데,

"아이고, 내가 안 쥑있다. 내가 안 쥑있다. 그 새신랑 내가 안 쥑있다. 내가 와 쥑이겠노!"

직감적으로 무슨 사연이 있다고 생각한 색시는 영감의 목에 칼을 들이대며 물었어.

"바로 말해라. 누굴 죽였노?"

"밀양 임진사 아들을 내가 쥑있다. 첫날밤에"

"와 그랬노?"

"임진사댁 후처가 시켰다. 논도 주고 종문서도 파 줄라 캐서 그래 했다."

"그래, 그럼 신랑 목을 비가^{베어서} 우옜노?"

"목을 비가 항아리 안에 여어^{넣어} 가, 임진사댁 안방 다락에 밍

지명주 수건 칭칭 감아가 여어 놨다."

그 다음 날 색시는 곧장 밀양 임진사댁을 찾아갔어. 마침 아들의 산소에 갔다 오던 임진사와 마주쳤지. 색시는 큰절을 올리며 말했어.

"제가예 큰며느리 되는 사람입니더."

"나는 니 같은 며느리 없다."

"제 남편의 원수를 찾았습니더."

임진사는 며느리의 이야기를 듣고 당장 안방 다락문을 열어 보았어. 과연 항아리 안에 아들의 머리가 들어 있는 거야. 한을 품고 죽어 간 아들은 얼굴에 눈물을 흘리고 있었어. 임진사는 더이상 이 세상에 미련이 없었어. 집안의 재산을 며느리에게 주고 그 길로 묘향산의 서산대사를 찾아갔지.

이 임진사가 바로 임진왜란 때 승병을 이끈 그 유명한 사명대사야. _밀양군 상남면

1-2. 사명대사 ② —사명대사의 도술

사명대사가 일본에 건너갔을 때의 일이야. 일본 사람들은 살아 있는 부처님이 온다고 바짝 긴장하고 있었지. 일왕은 사명대사를 시험하려고 길가에 병풍을 세워 두었어. 사명대사는 말을 타고 달리면서도 병풍의 글자를 전부 외웠지. 마침 일왕이 사명대사에게 병풍에 있는 글자를 외워 보라고 했어. 그런데 사명대사가 중간에 몇 글자를 빼먹은 거야. 일왕이 물었어.

"한 편은 어째서 외우지 않았는가? 내 분명 다 외워 보라 하였거늘."

"와? 한 편은 안 비이는 걸 우짜란 말이고?"

일왕은 직접 나가 보았어. 웬걸, 병풍 한 칸이 바람에 접혀 있었던 거야. 사명당은 병풍이 접혀 있어 그 부분만 외우지 않았던 거지. 일왕은 말했어.

"좌우지간 사명당 저놈을 죽여야겠는데 어찌하면 좋겠는가?

여봐라, 가만 있지 말고 구리쇠집을 지어라!"

일왕은 사명대사를 다시 한번 시험해 보기로 했어. 쇠로 된 방을 만들어 놓고 사명대사를 들어가게 했지. 그런 다음 문을 닫고 계속해서 불을 땠어. 사명대사는 그래도 춥다며 불을 더 때라고 했어. 일본 사람들은 계속해서 불을 땠어. 일왕은 엄청나게 불을 땠으니 당연히 사명대사가 죽었으리라고 생각했지. 시간이 지나 문을 열고 들어가 보니 사명대사가 추워서 벌벌 떨고 있는 거야. 수염엔 고드름까지 붙어 있고 말야. 방을 살펴보니 벽에 '얼음 빙氷' 자가 써 붙어 있었어. 사명대사는 말했어.

"야, 이놈들아! 일본이 따신 데라 하드만, 세상 이렇게 춥은 데가 어디 있노? 방에 불 좀 더 여라넣어라."

일왕은 사명대사를 끝까지 시험해 보기로 했어. 이번엔 숯불로 달군 무쇠 안장을 얹은 말에 오르게 했지. 사명대사는 스승께 받은 팔만대장경을 외우기 시작했어. 그러더니 갑자기 비가 쏟아지면서 무쇠 안장을 차갑게 식혔어. 그것도 모자라 비가 너무 많이 와서 일본이 물에 다 잠기게 생긴 거야. 일왕은 사명대사에게 싹싹 빌었어.

"다시는 그러지 않을 테니 용서해 주게."

"그러면 조선에 사람 가죽[人皮] 삼백 장을 조공으로 드려야 된다."

"당연히 바쳐야지. 약속하겠네"

그렇게 사명대사의 도술로 일왕의 항복을 받아 왔다고 해._밀

양군 무안면 / 산내면

1-3. 곽재우 ① ─ 남다른 기지

홍의장군 곽재우 장군의 어린 시절 이야기야. 장군이 일곱, 여덟 살쯤 되었을 땐가? 그 시절에는 서당에 가면 모두 천자문을 배웠어. 어느 날 서당에 가 보니 훈장님들끼리 내기를 하는 거야. 곽재우 장군이 이를 보더니 말했어.

"훈장님, 지도 내기 한번 할까예?"

"그래, 해 보그라."

"훈장님 내가 나갈 것 같습니꺼? 드갈 것 같습니꺼?"

곽재우 장군이 문지방에 서서 이렇게 말하는 거야. 훈장이 나간다고 하면 들어간다고 하고, 들어간다고 하면 나간다고 할 것 아니겠어? 역시 큰 인물은 어려서부터 생각하는 게 남다르지.

_의령군 지정면

곽재우 장군이 커서 천석꾼네 집에 장가를 가게 되었어. 어릴 적

곽재우 장군은 코도 질질 흘리고 남들 보기에는 바보처럼 보였
나 봐. 아내도 그런 남편을 좋게 여기진 않았지. 하루는 곽재우
장군이 점심을 먹고 난 뒤 장인어른에게 물었어.

"장인어른, 지하고 바둑 한 번 두까예?"

장인은 사위가 바둑을 두자고 하니 모처럼 반가웠어.

"그래 한 번 두세."

"그런데 장인어른, 바둑을 그저 두가[두어서] 되겠십니꺼? 내기
로 하입시더."

"그럼, 내기로 하지. 내기로 하면 뭘 해야 되겠노?"

"장인어른, 그라믄 지한테 곡식 천 석을 주이소."

"그라지. 니가 지면 어짤래?"

"마누래를 평상에 잘 섬기겠심더."

그런데 몇 수 두지 않았는데 장인이 지게 생긴 거야. 결국 바
둑에서 진 장인은 사위에게 천 석을 주고 말았지. 그후 임진왜란
이 일어나자 곽재우 장군은 사람들을 불러 모았어. 장인에게 받
은 천 석을 군량 삼아 전쟁을 치른 거야. _의령군 지정면

1-4. 곽재우 ② —홍의장군의 지략

곽재우 장군은 남명 선생의 제자로 나이 스물이 될 때까지 글을 읽었어. 장군의 아버지는 곽월郭越이었는데 여러 고을에서 벼슬을 하기도 했지. 곽월은 임진왜란이 나기 전, 아들에게는 글을 읽으라 하고 중국 명나라에 파견된 적이 있었어. 거기서 2년 정도를 지냈는데, 지조가 어찌나 꼿꼿하던지 주색은 거들떠도 안 봤지. 얼마나 착실하게 일했던지 돌아올 때는 중국황제가 붉은 비단 열 필을 선물로 주기도 했어.

곽월이 돌아온 지 얼마 지나지 않아 임진왜란이 났어. 곽재우 장군은 아버지가 중국에서 받아온 비단으로 옷을 지어 입었어. 붉은 옷을 입고 이곳, 저곳을 돌아다니며 위장 전술을 펼쳤지. 성터에 나타났다가 사라지고 또 어디선가 나타나며 왜군의 혼을 빼놓았지. 왜군은 생각했어.

"저기 하늘에서 내린 신선, 천강신天降神이다. 분명 하늘에서 내린 신장神將이다."

곽재우 장군은 스스로를 '천강 홍의장군'이라 부르며 위엄을 보였대. _의령군 의령읍

곽재우 장군이 창녕에서 싸울 때 일이야. 창녕읍 뒤에 억새로 유명한 화왕산이 있어. 장군은 화왕산하고 현풍 비덕산 사이에 줄을 매달았어. 산과 산 사이에 줄을 매달았으니까 그 줄이 엄청 길었겠지. 그 긴 줄에다가 붉은 옷을 죽 걸어 놓았어. 그러니 화왕산에 올라가 한 쪽 줄을 당기면 줄이 오르락 내리락 하면서 붉은 군복 입은 장수가 오르락 내리락 하는 것처럼 보이는 거야. 왜군들은 홍의장군이 하늘에 올라갔다 내려갔다 하는 신령한 재주를 지녔다고 해서 쉽게 못 쳐들어 왔다는 이야기가 있어. _의령군 부림면

망우당忘憂堂 곽재우는 왜군하고 전쟁하면서 조그맣고 예쁜 주머니를 만들어 항상 몸에 지니고 다녔어. 병졸들에게도 매고 다니라고 했지. 왜군들은 그 주머니 안에 무슨 보물이 들어 있을 것이라고 생각했어. 늘 소중하게 매고 다녔으니 말이야. 왜군들은 언제든 주머니를 빼앗으려고 기회를 노리고 있었지.

어느 날 곽재우 장군은 왜군들 앞에서 쫓기는 척하다가 은근

슬쩍 주머니를 떨어뜨렸어. 왜군들은 곽재우를 쫓아가다 말고 주머니 안에 뭐가 들었나 싶어서 서로 뜯어 보려고 했지. 그런데 주머니를 뜯어 보니 안에서 땡벌 몇 마리가 나오는 거야. 왜군들은 벌에 쏘이고 난리도 아니었어. 알고 보니 곽재우 장군은 주머니에 땡벌을 보물처럼 넣고 다니면서 왜군들의 정신을 쏙 빼놓는 전략을 썼던 거지._의령군 부림면

1-5. 정인홍 ①—눈빛으로 새를 죽이다

합천 가야면 순산에 정인홍이 살았어. 정인홍은 어릴 때부터 눈빛이 보통이 아니었다고 소문이 나 있었지. 심지어 눈동자가 두 개였다는 말도 있어. 정인홍이 서당도 다니기 전 대여섯 살 때 일이야. 가을 추수 전에는 허수아비도 세우지만 사람들이 직접 소리를 질러서 새를 쫓기도 했어. 정인홍 어머니가 논으로 새를 쫓으러 가는데 정인홍을 데리고 갔지. 점심때가 되어 어머니는 잠깐 집으로 밥을 가지러 가게 됐어.

"어매 밥 가지러 간다이. 꼼짝 말고 새 쫓고 있어라."

"후이고. 후이고."

밥을 가지고 돌아와 보니 아이가 보이지 않는 거야. 논의 새들도 꼼짝 않고 있어서 다가가 보니 새들이 다 죽어 있었어. 아이는 아래쪽 도랑에서 가재를 잡고 있더래. 정인홍과 눈을 마주친 새들이 그 기운에 눌려 그 자리에서 죄 죽어 버린 거지. 정인홍의 눈빛이 이렇게 무서웠어. 그런데 정인홍이 항상 고개를 숙이고 있어서 부모들은 몰랐대._의령군 부림면/의령읍

또 이런 이야기가 있어. 정인홍은 어릴 때 합천 해인사에서 글을 읽었어. 옛날에는 과거 공부를 절에서 많이 했지. 마침 지나가던 고을 원수가 절에 오게 됐어. 중들이 모두 뛰쳐나가 군수를 맞이하는데 정인홍만 방에서 책을 보고 있는 거야. 군수는 어이가 없었지만, 과거 공부하는 유생이라 그냥 넘어갔어. 나중에 해인사 중들이 정인홍을 꾸짖으며 말했어.

"공부하는 유생이 어른한테 인사하는 법도 모르고 우째 방 안에만 있노?"

"허허. 절 앞에 있는 조그만 나무를 좀 보이소. 심은 지 얼마 안 됐지만 몇 해 안에 이 절보다 훨씬 더 클 겁니더."

자기가 그 고을 원수보다 훨씬 더 크게 될 인물이라는 말인 거야.

정인홍은 임진왜란 때 의병장이 되어서 광해군을 도왔어. 그러고는 광해군의 신임을 받아 삼정승을 다 지냈지._의령군 부림면

1-6. 정인홍 ②─남명 선생의 제자가 되다

정인홍이 안동의 퇴계 선생에게 공부를 하러 갔을 때의 일이야. 점심때 밥상이 나왔는데 옆 사람의 상이랑 너무 차이가 나는 거야. 옆의 상에는 밥도 수북하고 반찬도 몇 가지나 됐는데 자기 상은 밥하고 김치만 있는 거지. 사람이 먹을 것 가지고 차별 받으면 참 마음이 상하거든. 정인홍은 그 자리에서 일어나 나와 버렸어. 퇴계 선생이 왜 그러셨을까? 퇴계 선생은 정인홍의 눈빛을 보자마자 후환이 될 것을 미리 알아채신 거야. 제자로 삼을 수 없어서 이렇게 내치신 거지.

안동을 떠난 정인홍은 산청으로 남명 조식 선생을 찾아갔어. 그 당시 남명 선생 문하에는 강인한 인재들이 많이 모여 있었는데, 호랑이 눈빛의 정인홍을 알아보시고 받아 주셨지.

남명 선생은 항상 칼을 차고 다니셨대. 그런데 말년에 그 칼을 정인홍이 물려받았어. 학맥을 이은 거지. 사제지간에도 인연 정인홍은 그렇게 남명 선생 밑에서 공부를 하게 됐어. 선생님 자리 뒤에는 작은 장이 하나가 있는데 늘 자물쇠로 잠겨 있었어.

'저 농 안에는 뭐가 있어가 선생님이 맨날 잠가 놓으시노?'

한번은 선생님이 외출하신 틈을 타서 아이들이 그 장을 열려고 했어. 하지만 아이들의 힘으로는 아무리 용을 써도 도저히 열수가 없는 거야. 그때, 정인홍이 나서서 문짝을 부쉈어. 그러곤유심히 안을 살펴보니 큰 구렁이 한 마리가 똬리를 틀고 있었어.다른 아이들은 놀라서 그 길로 도망을 쳐 버렸지만,

'이 요망스러운 구리가 와 여기 있노?' 하고

정인홍은 눈을 부릅뜨고 구렁이를 쏘아봤어. 그러자 구렁이가 몇 번 꿈틀거리더니 곧 죽어 버리고 말았지. 그만큼 정인홍의눈빛이 강렬했던 거야. 나중에 남명 선생도 이 사실을 아셨지만아무 말씀도 하지 않으셨어. 물론 정인홍이 그렇게 했다는 것도아셨지. 하지만 따로 불러서 혼내진 않으셨어. 다만 속으로 정인홍의 앞날을 걱정하셨대. 사람이 너무 강하면 큰 어려움을 당하게 되기 마련이거든._의령군 부림면

1-7. 정인홍 ③—구렁이의 사연

정인홍의 스승 남명 선생이 젊었을 적의 얘기야. 남명 선생이 서울로 과거 보러 가는 도중에 해가 져서 외진 집에 묵게 되었어. 집에 들어가 보니 어린 처자만 있는 거야.

"실례하오. 지나가는 길손인데 부모님은 어디 가고, 홀로 집을 지키는가?"

"야, 외갓집에 제사 지내로 갔습니다."

"오늘은 밤이 늦어 예서 묵고 가야겠소."

"저짜저쪽에 손님 방이 있습니다."

그러다 남명 선생은 그 처자와 하룻밤을 보내게 되었어. 다음 날 아침 처자가 말했지.

"언제 돌아오겠다는 언약을 하이소."

"보름 안에 돌아오겠소."

이렇게 약속을 했지만 서울에 도착하니 얼마나 구경거리가 많았겠어. 여기저기 돌아다니다 보니 외딴 집의 처자와 약속한 보름이 훌쩍 지나 버렸어. 게다가 남명 선생은 처자와의 약속도 다 잊고 고향집으로 돌아갔지.

처자는 남명 선생을 기다리다 지쳐 그만 한 맺힌 구렁이가 되어 버렸어. 구렁이가 된 딸을 보고 부모가 얼마나 놀랐겠어.

"야가, 와 이래 됐노?"

"지난번에 어무이 아부지 외갓집 제사에 가셨던 날 밤에 남명 선생이랑 하룻밤을 지내게 되었습니더. 보름 뒤에 오겠다고 했는데 약속을 어겨 가지고 상심해서 이렇게 모습이 변하게 되었습니더. 남명 선생을 데꼬 와 주이소."

구렁이가 된 처자의 아버지는 남명 선생을 찾아가 그간의 사정을 말했지. 그제야 처자가 생각난 남명 선생은 처녀의 아버지를 따라 나섰어. 그리고 그날 밤, 구렁이가 된 처자를 꺼리지 않고 함께 밤을 보냈어. 구렁이는 긴 혀로 남명 선생을 핥은 후 스스로 똬리를 틀며 온몸을 찬찬히 감았어. 다음 날 아침 남명 선생은 큰 궤짝에 구렁이를 그대로 넣어서 고향집으로 짊어지고 갔어. 구렁이가 된 처자를 아내로 삼은 거지. 이 구렁이가 바로 정인홍이 죽인 그 구렁이야._진양군 정촌면

1-8. 의적의 탄생 ① ─ 진주 강목발이

진주에는 강목발이라는 유명한 의적이 있었어. 강목발이가 처음부터 도둑이 되려던 건 아니었어. 강목발이가 젊었을 때의 일이야. 옛날에는 밤중에 불 켜진 집이 거의 없었거든. 늦은 밤까지 불이 켜진 집은 대개 제사를 지낸 집이야. 강목발이는 불 켜진 집을 다니면서 제삿밥을 얻어먹었어. 그날도 의령 어느 동네에 불 켜진 집으로 들어갔지. 집 주인은 인기척을 듣고 나왔어.

"누고?"

"아, 내 강목발이요. 제삿밥 좀 얻어 묵으로 왔소."

"아휴, 우리 제사 안 지냈심더. 밤에 우리 처가 아를 낳았는디 첫국밥 끓일^{끓여} 물먹을 쌀이 없어가 눈물로 흘리고 있십니더."

"그래요?"

강목발이는 불쌍하기도 하고 하도 기가 차서 그 길로 부잣집에 가서 쌀을 도둑질해 왔어. 강목발이는 말했어.

"밥해 믹이라."

강목발이는 오직 부잣집만을 털었어. 있는 사람 집에 들어가 없는 집에 갖다 주고, 정작 자기 집에는 쌀 한 톨 없이 생활했지. 그래서 일반 백성들이 강목발이를 의적이라 불렀다고 해. _의령군 의령읍

강목발이는 가난한 백성들에게는 환영을 받았지만, 부자들에게는 눈엣가시 같은 존재였지. 부자들은 연달아 원님에게 상소를 했어.

"저 도독놈을 쥑이^{죽여} 주시오."

원님은 강목발이를 불러 물었지.

"네 이눔! 와 도둑질 했노?"

"예, 제가 도둑질을 해서 내가 잘 살라고 한 것이 아이고, 못 묵고 굶주린 사람을 위해서 도둑질했심더. 우리 집에 가 보이소. 쌀 한 말도 없심니더. 있는 사람 거 좀 갖다가 없는 사람을 구제한 거뿐인디, 그기 무신 죄가 됩니꺼?"

강목발이는 이런 식으로 빠져나오곤 했어.

그런데 서울 어느 정승의 아들이 이 고을 원님으로 오게 되었어. 새로운 원님이 부임하자 여러 진주의 부자들이 뇌물을 바치며 말했지.

"강목발이 때문에 우리가 못 사이께네 저거를 좀 쥑이 주소."

부자들에게 뇌물을 잔뜩 받은 원님은 그예 강목발이를 잡아 들였어. 그리고 망나니에게 명령을 내렸어.

"당장 저놈의 목을 베어라."

고을 원님의 명이니 다른 방법이 있었겠어. 결국, 강목발이는 죽고 말았지.

얼마나 지났을까. 술 파는 노인 앞에 강목발이가 쑥 나타나 말했어.

"보소. 술 한잔 주이소."

"아이구, 강선생! 이기 웬일이요? 어려운 걸음 했십니더."

"예. 다른 건 필요 없고, 술 한 바가치만 주이요."

노인은 술을 한 바가지 떠 주었고, 강목발이는 쭉 마시더니 숫돌에 칼을 갈기 시작했어.

"그 칼은 왜 가능교?"

"진주 원님 이놈을 오늘 쥑일라고 내가 칼로 가요."

그러더니 벌써 사라지고 없어. 강목발이의 죽은 혼이었던 거야. 강목발이의 혼은 진주 원님의 목을 베었고 진주 원님은 그 자리에서 피를 토하며 죽어 버렸어. 아들이 죽었다는 소식이 곧 진주 원님의 아버지에게 전해졌어.

'하하! 이거 큰일 났구나!'

원님의 아버지는 아들의 시체가 오기를 기다렸어. 고향에서 장사를 지내려고 시체를 서울로 가지고 온 것이지. 그런데 저기 죽은 아들이 오는데 시체 앞에 누가 춤을 추고 있는 게 보이는 거야. 자세히 보니 강목발이가 춤을 추고 있단 말이지. 다른 사람 눈에는 안 보이는데 원님의 아버지 눈에만 보여.

"이게 무슨 변고인고? 아이구, 강목발이가 원혼이 됐구나!"

일단, 원님의 아버지는 아들의 시체를 장안 밖에다 놓으라고 하고 음식상을 차리고 향을 피우고 절을 올렸어. 거기다 톱을 가지고 오라고 한 다음 아들 시체를 삼등분으로 끊었지. 강목발이에게 좋은 음식과 귀한 술을 대접하면서 말했어.

"강선생님, 어찌해야 분이 풀리시겠소? 제발 돌아가 주시오."

온갖 정성에 강목발이의 영혼은 그 자리에 앉아서 술과 음식을 실컷 먹고 돌아가더래. 강목발이는 원래 그 집안을 아주 망하게 할 작정이었는데, 그나마 다행이지. 예부터 소인이 죽으면 그날부터 아무것도 없고 대인이 죽으면 몇 백 년까지 그 영혼이 살아 있다고 해. 그러니까 강목발이는 비록 도적이지만 큰 영웅이 될 사람이었던 거야. 원님의 아버지 이 사실을 알고 화를 면한 것이지._의령군 의령읍

1-9. 의적의 탄생 ②—함안 유국한

어느 중이 시주를 다니는데, 한 집에 이르자 아이를 밴 부인이
나왔지. 중은 부인을 보더니 말했어.

"대인을 안 나모 역적을 낳겠소."

부인이 말했어.

"스님요. 쫌 알려 주이소. 대인 놓구로 알려 주이소."

"몇월 며칠 날 무슨 시에 나며는 대인을 낳지마는 시가 쪼끔
이라도 어기믄 역적을 낳는다."

부인이 아이 낳을 때가 다 되었어. 중이 알려 준 딱 그 시간 무
렵이 됐는데 아이가 나오려고 하는 거야. 지금 나오면 역적이 된
다는 시간이었어. 남편이 아이를 못 나오게 한다고 배를 밀어 보
아도 안 돼. 장닭이 크게 울 때 나와야 했는데 아이는 닭이 울기
전에 나왔지. 결국 아이는 커서 큰 도적이 되었다고 해. 그 아이
가 바로 함안에 의적으로 소문난 유국한이야. _ 함안군 산인면

유국한은 친구들과 꼭 부잣집만 털어 없는 집에 갖다 주곤 했어. 그러다 의령 어느 부잣집에 도착했어. 그 집은 시어머니하고 시아버지하고 며느리하고 사는데 머슴을 많이 부리고 살아. 기와집을 보니 으리으리한 것이 제일 부자인 것 같단 말이지. 유국한은 먼저 갈치 한 상자를 샀어. 어두울 때 갈치에 불을 비추면 번쩍번쩍하거든. 한 상자를 사서 저 앞산 나무에 걸어 놓았어. 같이 가는 도적 친구들은 대여섯 명밖에 되지 않았지. 유국한이 부잣집에 들어가 말했어.

"아나, 이리 오너라."

머슴이 나오더니 무슨 일이냐고 물었어.

"주인을 만나러 왔다"

그 집 과부가 사오십 됐는데 참 영리하거든. 밖에 유국한이 왔다는 소리가 들리니까 얼른 말했지.

"들오라 캐라."

유국한이라고 하면 함안군에 이름난 도적이라 모르는 사람이 없었어. 과부는 유국한을 사랑방에 모셔 놓고 술을 한 독 걸러 대접했어.

"아이고, 오라버니. 이 참 추운데 겨울에 오시가…."

하며, 술대접을 잘해 주었어.

"밲에 우리 친구들이 많이 있는데, 많이 챙기 주야 된다."

과부가 집 밖을 보니 그림자가 여럿 보이거든. 갈치에 비친 빛을 보고 사람이라고 생각했던 거지. 과부는 곳간에서 쌀 몇 가마니를 내 놓았어. 유국한은 친구들에게 말했어.

"짐 메라짊어 메라."

유국한은 그 쌀을 싣고 나와 집이 없거나 아이 낳고 못 사는 그런 집에 갖다 주었다고 해. _함안군 산인면

2부

인생역전을 꿈꾸다

2-1. 점쟁이 왕태사 ① ─ 우째 알았지?

경남 의령에 유명한 점쟁이 왕태사라는 사람이 살았어. 왕태사는 앞을 보지 못했지만 엄청 영험해서 경상도 전역에 소문이 자자했대.

의령면 삼리에 남재라는 고개가 있어. 재고개 하나를 넘으려면 하루 종일 넘어도 아직 한참 남았다고 해서 '남재'야. 남재에 오르기 시작하면 보이는 건 하늘뿐이고 무슨 일이 일어나도 아무도 모를 정도래.

어떤 사람이 기나긴 남재를 넘어 겨우겨우 왕태사를 찾아왔어. 인사를 드리고 자리에 앉는데, 왕태사가 말했지.

"꽤[占卦] 빼는 건 안 바쁘니까 돈이나 찾아온나. 그 밭 지금 매고 있다. 니 오다가 밭 구석에다 돈 묻어 놓고 왔제?"

실은 점을 보러 온 사람이 남재를 넘어오다가 가지고 있던 엽전을 조금 빼서 길가 밭에 묻고 왔던 거야. 복채가 아까워서 말이야. 왕태사는 복채를 꺼내기도 전에 이 사람이 돈을 밭에 묻고 온 걸 안 거지.

'우째 알았지?'

점 보러 온 사람은 왕태사의 신통력에 감탄하면서 벌떡 일어나 돈을 찾으러 갔어. 도착해 보니 땅주인이 벌써 밭을 매기 시작한 거야. 얼른 엽전을 파내서 다시 남재를 넘어 왕태사에게로 갔대._의령군 의령읍

한번은 이런 일도 있었어. 정오 즈음해서 한 사내가 왕태사를 찾아왔어. 사내가 막 인사를 하면서 방에 들어서는데 왕태사가 대뜸 이러는 거야.

"니 성이 허가許哥제?"

"제가 허씬 줄 우째 압니꺼?"

"지금 점심때 안 됐나? 그래, 점심때는 다 돼 가는데 니가 말을 건네니까 니가 허가 아이가."

'허'許 자가 '말씀 언言' 변에 '낮 오午' 자니까 허씨라고 한 거야._의령군 의령읍

2-2. 점쟁이 왕태사 ② — 백발백중 점괘

옛날에 삯바느질로 살림을 꾸려 가는 아낙이 있었어. 남편은 긴 병을 앓아 고생이 심했지. 이 아낙이 한번은 큰 맘먹고 왕태사에 게 가서 점괘를 뽑아 보기로 했어. 그런데 가는 길에 험상궂은 도적을 만나 겁탈을 당하고 만 거야. 한참 후에 정신을 차리고는 그래도 왕태사에게 가야겠다고 생각을 하고 길을 나섰어.

왕태사는 점괘를 뽑더니 말했어.

"잘 왔다. 느그 가장은 벌써 나았다. 근데 오다가 못된 짓을 당 했네. 돌아가는 길에 그 자리에 가 보면 그놈은 죽어 있을 끼다. 인생이 불쌍하니까 속적삼이라도 하나 벗어 덮어 주고 가라."

"가장 병이 진짜 나았습니꺼? 그 도적놈은 죽었고예?"

"그래, 집에 가모 아마 느그 가장은 벌써 나무하러 가고 없을 끼다. 그 도적놈은 왔던 길로 다시 가 보믄 알 끼다."

왕태사가 말하길, 남편 대신에 도적놈이 죽었다는 거야. 남편

에게 가 있던 아낙의 액운이 도적놈에게 옮겨 갔다는 거지. 아낙
이 돌아가는 길에 보니까 정말 그 도둑은 죽어 있었어. 어쩌겠
어. 원수지만 죽은 모습이 불쌍해서 아낙은 적선하듯 속적삼을
벗어 덮어 주었어.

집에 들어서자마자 부인은 남편을 불렀어.

"내 갔다 왔다."

그런데 수년 동안 병치레하던 남편이 보이지 않는 거야. 때마
침 병자 남편이 등에 나무를 한 짐이나 지고 나타났어.

"니 어디 갔다 왔노? 내는 방이 찹아서^{차서} 군불 땔라고 나무
해 왔다 아이가."

누워서 숨쉬기도 힘들어하던 남편이 직접 나무를 해오다니!
그후로는 건강해진 남편이 나무도 잘 해오고, 점차 살림살이가
늘었다고 해._의령군 의령읍

진양군 사봉면에서 어떤 사람이 소를 잃어버렸어. 얼른 왕태사
를 찾아가 빨리 소를 찾아 달라고 했어. 왕태사가 괘를 뽑더니
말했어.

"소, 찾는다."

"우짜면 찾노?"

"소 이자삔 자리에서 남으로 삼십 리를 가라. 어느 마실로 가

든지 간에 삼십 리를 가는데, 꼭 마을 앞이라야 된다. 마을 앞에 대로大路가 있을 끼다. 그 대로에서 바지 벗고 대변을 함 봐라. 그라모 찾는다."

왕태사의 말을 듣고 가만히 생각해 보니 소를 찾으려면 홀딱 벗고 뛰어 다니라고 해도 할 수 있겠는데, 갓을 쓴 채로 앉아서 똥을 싸라고 하니 참 난감하다 말이야. 그래도 어떻게 하겠어. 소를 찾으려면 시키는 대로 해야지. 소 주인은 왕태사가 말한 곳으로 가서 똥을 싸기 시작했어. 똥을 싸고 앉아 있는데 저 멀리서 누군가 오는 소리가 들리는 거야. 그중 한 사람이 말했어.

"오늘 해가 반일半日도 안 갔는데 이상한 일을 두 번 보네?"

"와? 또 무슨 일이고?"

"아까 저 재 넘어올 때 정지부엌에다 소를 안 매 놨드나, 그쟈? 여어는 봐라. 갓 쓰고 앉아 똥을 눈다."

소 주인은 똥을 싸다 말고 지나가던 사람을 붙들고 물었어. 도대체 그곳이 어디냐고 말이야. 그러곤 곧장 행인이 말해 준 곳으로 달려갔어. 과연 그곳엔 자기 소가 부엌에 묶여 있었지. 왕태사의 점괘는 이번에도 백발백중이었어._의령군 의령읍

2-3. 점쟁이 왕태사 ③—왕태사의 죽음

왕태사의 점괘는 용했지만 왕태사가 오래 살지는 못 했어. 오십도 채 못 살았지. 그런데 왕태사는 죽기 며칠 전에 아들과 며느리에게 자기가 죽는 날짜와 시, 분까지 전부 말해 두었대.

"몇 월 며칠 날 내가 죽을 낀데 내가 운명할 때 소낙비 오면서 하늘에 무지개가 뜰 끼다. 나는 그 무지개 타고 저세상으로 가니까 느그들은 내가 죽어도 일절 울지 마라."

정말로 왕태사는 자신이 말한 날짜에 운명했어. 소나기도 오고 무지개도 떴대. _의령군 정곡면

2-4. 김태사와 박태사 ① — 임석조! 임석조!

거창군 무안면 중산리엘 가면 웅동이라는 마을이 있고, 그 옆에 서가정이라는 마을이 있어. 웅동이에는 김태사가 살고 서가정에는 박태사가 사는데 이 둘은 장님이었어. 이들은 눈이 안 보여 밭일도 못하고 뭐 딱히 할 줄 아는 게 없었어. 그래서 점치는 법을 배워서 점을 봐 주곤 한거야. 사람들은 하는 일이 잘 안되거나 여의치 않으면 김태사나 박태사에게 물으러 갔지.

옆동네 사는 김태사와 박태사는 의형제를 맺고 살았어. 어느날 김태사가 박태사를 찾아갔어.

"형님, 이랄 게 아이라, 우리도 마 돈도 벌 겸 다른 데 직접 나가서 돈벌이 함 합시더."

"그라지, 어디로 가꼬?"

"어디 가든지 마 마음 쓰이는 대로, 바람 부는 대로, 마 물결 치는 대로 함 가 봅시더."

"응, 그라지."

둘은 작대기를 짚고 한참을 갔어. 해가 뉘엿뉘엿 지는 줄도 모르고 말이지. 하지만 이미 높은 산 중턱에 와 있어서 어디로 갈 수도 없었어. 형님이 물었어.

"우째야 되노? 물러갈까, 나아갈까?"

"잘 모르겠십니더. 행님, 우째야 되겠는기요?"

"좋은 수 한 개가 있다."

"무슨 수가 있는기요?"

"돌밍이로 함 떤지 봐라. 심힐대로 떤지 봐라."

"그라지요."

동생은 돌멩이를 아무렇게나 막 던졌어. 있는 힘껏 던지니 돌멩이가 날아가다가 어느 수풀 밑에 떨어진 거야. 돌이 떨어지면서 새 한 마리가 푸드득 날아갔어.

"돌밍이로 떤지고 나인께네, 그 수풀 밑에서 새가 한 마리 날라 갑디더."

형은 가만히 생각하더니 말했어.

"옳다. 니 임석조林石鳥라고 꽘고함 함 질러 봐라."

"우째 임석조로 불러야 됩니꺼?"

"첫째는 수풀 임林 짜, 둘째는 돌 석石 짜, 시째는 새 조鳥 짜. 돌밍이로 떤진다고 떤짔디이던졌더니, 수풀에 떨어지자 새가 날라

가인께네 그렇다. 수풀 임짜는 성이고. 돌 석짜, 새 조짜는 이름이다. 그라니 임석조로 함 불러 봐라."

"그라지요."

동생은 형님이 시키는 대로 했어. 밤 깊은 와중에 '임석조, 임석조'라고 외쳤지.

때마침 산 밑에 만석거부 한 사람이 살고 있었어. 그런데 이 만석거부의 성이 임이요, 이름은 석조라. 임석조는 저녁을 먹고 마당에 나가 있었는데 컴컴한 뒷산에서 누가 자꾸만 '임석조'를 찾는 거야. 난데없이 자기 이름이 불리니 화가 날 수밖에. 임석조는 곧장 하인을 불렀어.

"아나."

"예."

"이 아닌 밤중에 내 이름을 저렇게 쓸데없이 부르니까 말이지, 어떤 놈인지 조사해 올리라."

하인들은 곧장 소리가 들리는 곳으로 향했어. 얼마나 지났을까. 곧 두 태사가 있는 곳까지 올라왔지. 하인 한 명이 말했어.

"우짠 사람이 있나?"

태사들은 주변에서 사람 소리가 들리니 죽든지 살든지 간에 대답했어.

"지내가는 사람 살려 주이소."

"우짠 사람이냐?"

"우리는 태산데, 길로 가다가 날이 저물어 가지고 오도 가도 몬 하고 진퇴양난격으로 이리 됐은께 사람 쫌 살리 주소."

"맞나? 그라믄 가자. 너그들은 클났다. 너그들은 인자 죽었다."_의령군 의령읍

2-5. 김태사와 박태사 ② ─ 국수냐 수제비냐

김태사와 박태사는 하인들을 따라서 무사히 집으로 내려왔어. 임석조는 위엄이 있는 모습으로 늠름하게 앉아 있었지. 물론 장님인 두 명의 태사에게는 보이지 않았지만 말이야. 임석조가 물었어.

"대체 너그는 어떠한 사람이냐?"

"다름이 아니옵고, 저희들은 봉산데, 여어 질길로 가다가 날이 저물어 가꼬 오도 가도 몬 하고 진퇴양난격으로 됐습니더."

"너그가 봉사라 카는 거 보이 점을 잘 보겠구나."

"뭐 그리케 잘 보진 몬 해도 조매 압니더."

"그래? 그람 내가 너그 시험을 하게 해주꾸마. 오늘 저녁에 무슨 상이 채리 나오느냐? 어떤 음석을 해 오겠느냐? 이거를 알아 봐라."

형이 동생한테 물었어.

"야, 니 올 지녁 상 어떤 기 나올란지 함 알아 봐라."

동생이 호주머니에서 점치는 대롱을 꺼내서 흔들더니 왼쪽 손을 들어 쭉 훑어보았어.

"수지비^{수제비} 상이 나오겠습니다. 행님, 나는 그렇지만 행님 패는 어떻기 나오는가 함 봐 주이소."

"그라지, 그럼."

형도 양손으로 대롱을 흔들더니 엄지손가락으로 훑었어.

"야야, 올 지녁에 수지비 상이 아이고, 칼국수다."

그러던 중에 저녁상이 들어왔지. 그런데 수제비와 칼국수 두 상이 모두 나오는 거야! 임석조가 가만히 생각해 보니 두 태사가 얘기한 게 둘 다 맞거든. 임석조는 하인에게 물었어.

"너그 저녁을 수지비를 떠 나온다 카드마는 와 이리 됐노?"

"아, 그기 아니옵고, 수지비 비비가 지녁 상을 채릴까 캔 것이, 물로 너무 많이 부우 가꼬 질은진^진 때미로^{때문에}, 수지비로 다 몬 맨들고 칼국수로 해 가지고 저녁상을 채리 왔습니더."

임석조는 생각했어.

'아, 저 태사 둘이 잘 안다 말이여. 알기를 귀신같이 안다꼬. 저렇기 아인꺼네^{아니까}, 내가 이 살림 가지고 만대 유전을 전하고 짚고^{싶고} 백수무강으로 살고 지븐데^{싶은데}, 내 전망을 함 물어 봐야 긋다. 앞으로 어떤 일이 오는고.'_의령군 의령읍

2-6. 김태사와 박태사 ③—임석조의 선택

저녁을 먹인 후 임석조는 김태사와 박태사를 불렀어.

"그래 그라믄, 너그가 그리 잘 아인께네, 내 앞에 다가오는 일을 함 묻겠는데, 함 봐 주라."

"그라시지요."

박태사가 먼저 대롱을 빼서 한참 흔들고 엄지손가락으로 훑으며 말했어.

"샌님, 그기 아이고, 샌님 운명이 지금 다 돼 갑니더. 살라 카믄 샌님이 가진 천 냥짜리 물건 시^世 가지 중에 한 개를 없애야만 샌님이 수명을 잇우고잇게 하고 만수무강하겠십니더."

임석조는 아무리 생각해 보아도 천 냥 짜리 물건 세 개가 무엇인지 생각나질 않았어. 한참을 생각해 보니 첫째로 타고 다니려고 구입한 말이 있는데 그 말이 천 냥이요, 두번째로 사랑스러운 학이 하나 있는데, 학 역시 천 냥이라. 다른 하나는 쉽게 떠오르지가 않았어. 그러다 '옳지' 하면서 첩을 천 냥에 들인 게 떠올랐어. 이제 천 냥짜리가 세 개가 되었지.

"옳다, 그래 생각이 난다."

"그래요? 그 천 냥짜리 시 개 중에 한 가지를 없애야만이 샌님이 화를 면하고 만수무강합니더."

"내가 살라 카면 못할 일이 뭐 있겠노."

임석조는 가장 먼저 자기 집 뜰 앞에 있는 학을 죽이려 했어. 칼을 들고 조심조심 다가가는데 어찌나 주인을 좋다고 하던지 바짓가랑이를 물고 안 놓아 주는 거야.

"이놈우 짐승을 몬 쥑이겠구나."

임석조는 학을 죽이지 못 했어. 이번엔 말을 죽여야겠다 생각하고 마구간으로 갔어. 그런데 말도 역시 매한가지인 거라. 또 못 죽이고 말았지.

"에레이, 이제 호강첩 하나만 남았구나. 호강첩 한때 호강했으믄 됐고, 첩년 하나 없어도 된께네 마 저 첩을 갖다가 할 뺵이 없다."

임석조는 첩을 별당에서 지내게 하고 있었어. 임석조가 별당을 찾았을 때는 거의 자정에 가까워졌을 때였지. 분명 바느질을 한다고 했는데, 임석조가 기침을 한 번 하고 두 번 하고 세 번 해도 인기척도 없고 반기지도 않아. 학이랑 말이랑은 자기를 그렇게 반겼는데 말이야.

"에라이, 조 년을 먼저 쥑일 수 백이 없다."

임석조는 활 시위를 당겨 별당을 향해 쐈어.

사실 첩은 바느질 하다가 잠이 와 꾸벅꾸벅 졸고 있었던 거야. 어쨌건 그 사이에 화살은 순식간에 첩 머리 위를 지나 궤짝에 맞았지. 임석조는 씩씩대며 방 안으로 들어가 보았어. 가서 궤짝에 박힌 화살을 빼 보니 화살촉 끝에 피가 묻어 나오는 거라. 뭔가 수상하단 말이지. 궤짝을 열어 보니 첩의 외간남자가 거기 들어앉아 있었던 거야! 자세히 보니 산골 중이었어. 머리를 빡빡 깎은 중 말이야. 놀란 첩도 중을 따라 그 자리에서 죽고 말았어.

문득, 임석조는 박태사의 점괘를 떠올렸어.

"샌님이 그 천 냥짜리 물건 하나 안 없애믄 한 사람이 죽고, 없애믄 두 사람이 죽는다."

박태사가 천 냥짜리 물건 세 개 중 하나를 없애라고 말하면서 함께 말해 준 거였지. 알고 보니 박태사가 말한 두 사람이 첩하고 산골 중이었던 거지.

임석조는 사랑방으로 돌아와 김태사와 박태사의 손을 잡으며 말했어.

"느그가 내 운명을 살렸다."

임석조는 자기를 살려 준 대가로 박태사와 김태사에게 재산
을 나눠 주고 서로 의형제를 맺어 살았다고 해. _밀양군 상남면

2-7. 자네는 자식 덕을 많이 보겠소

거창에 사는 어느 사내가 장가를 못 가고 있었어. 어느 날 사내
는 곰곰이 생각했어.

'예끼, 이노무 점이나 한번 볼까.'

사내는 점을 잘 치기로 소문난 점쟁이에게 가서 점을 쳤지.

"자식 덕을 많이 보겠소. 자식 덕을 많이 보네."

"또 뭐 있습니꺼?"

"그것밖에 없다."

사내는 점을 쳐 봐도 별다른 게 없어서 속이 상했어. 한번은
산에 나무하러 갔다가 문득 점 본 생각이 났지.

'점쟁이가 자식 덕을 본다 캤는데, 나는 장가를 가도 안 했는
데, 마누라가 있어야 자식을 보제. 에이 빌어묵을. 내가 자식을
만들 수밖에는 없다.'

사내는 황토밭에 오줌을 누고 흙을 모아 사람처럼 만들었어.

'오야. 내가 아는 데 물어 보이보니 자식 덕 많이 본다 카는데, 앞으로 니가 내 자식이다. 니가 내 자식인데 흙으로 만들었으이 이제 니 이름은 토준이다. 내가 니 덕 좀 봐야겠다.'

사내는 납작한 돌 네 개를 주워다가 한 개는 토준이 밑에 놓고 두 개는 양쪽 옆에 끼워놓고 마지막 한 개는 머리 위에 올려 놓았어.

"내 볼일 보러 가다가 점쟁이한테 점을 치이께로 자식 덕을 본다 카는데, 토준이 니가 돈을 벌어가 느그 아부지인 내를 믹이 살리라." 하고 사내는 길을 떠났어.

몇 해가 지났을까. 사내는 여기저기를 돌아다니다 토준이 얘기를 들었어.

'아무 데 고개에 얄궂은 게 앉아 있는데, 누가 장가간다고 비단이고 뭐고 잔뜩 싣고 가다가도 그 앞에 시주를 안 하면 말이 딱 서 버린단다. 그런데 시주를 하면 말 발이 떨어져서 잘 간대. 바람이 세게 불어도 돌만 수북하지 당최 날아가도 안 하고 아무도 안 가져간단다.'

사내는 자식 덕을 보겠다는 점쟁이의 말이 생각났지. 예전에 만들었던 토준이에게 가 보니 토준이가 의도치 않게 돈을 벌고 있어.

"오야. 내가 네 덕 마이 봤다. 자식덕을 본다드만, 내 이만 하면 묵고살끼고 하니 니도 인자 돈벌라꼬 하지 마라. 니는 여기 평생 있고 내도 내 살던 데 가서 논밭 사놓고 대대로 잘 살란다."

토준이가 번 돈으로 논밭을 사 놓으니 사내가 늙었어도 젊은 처자가 시집온다고 하거든. 사내는 장가들어서 잘 살고, 토준이 는 자기 자리에 잘 앉아 있더래._거창군 거창읍

2-8. 까치가 집을 지으면

옛날 어떤 사람이 아주 어릴 때부터 공부를 했어. 살림은 넉넉지 않았지만 벼슬을 하려고 꾸준히 과거 준비를 했지. 그런데 과거 시험에서 자꾸만 떨어지는 거야. 형편이 아주 곤란해지니 점쟁이에게 물어보았어.

"내가 과거에 언제 걸리겠노?"

"요 집 앞 산밭[山田]에 감나무가 하나 이래 있는데, 저 감나무에 까치가 와서 집을 지으면 걸릴 끼라."

그 사람은 자꾸 과거에 떨어지니까 집 앞의 감나무만 바라보았어. 까치가 집을 짓나 안 짓나만 보는 거지. 하지만 까치는 올해도 집을 안 짓고 몇 해가 지나도 집을 안 짓는 거라. 해가 지날수록 살림은 더 힘들 뿐이고, 아무래도 안 되겠어서 부부가 서로 의논했어.

"이래 말고, 우리가 저 위에 까치 집을 지어 뿌자."

부부는 밤이 되자 집 앞 감나무에 올라갔어. 까치처럼 입에 나뭇가지를 물고 깍깍깍 까악까악 소리를 내며 집을 짓기 시작했지. 밤이니까 아무도 볼 리가 없잖아.

그런데 마침 그날 밤, 숙종 대왕이 야간 순행을 하던 중이었어. 숙종 대왕은 전국 각지를 돌아다니면서 민심을 수집했다고 해. 아무튼 숙종 대왕은 까치 소리를 내면서 집을 짓고 있는 부부가 이상해 보였어. 숙종 대왕이 부부에게 다가가 물었어.

"여보시오. 무슨 일이오?"

"내가 어릴 때부터 공부를 해가꼬 계속 과거를 보러 갔는데, 가면 마 떨어지는 기라. 그래가 점치는 사람한테 점을 쳤다꼬. 그라니 점치는 사람이 마 점괘에 '저 집 앞 산밭 감나무 위에 까치가 집을 지으모, 그때 과거를 보러 가믄 된다 하드라고. 그래가 암만 까치가 집 짓기를 고대하고 있어도 한 해가 가도 안 짓고, 두 해가 가도 안 짓고, 마 까치가 집을 안 지어. 그래 놓이 우리가 부부 간에 의논을 해가 '우리가 마 지어 뿌자', 그래가 이래 하고 있는 기라."

숙종대왕은 손수 까치집을 짓는 부부의 정성스런 마음을 보고 어떻게든 한 자리 주려고 했어.

"정성이 갸륵하오. 몇 해 뒤 과거가 있을 것이오. 그때 꼭 보시오. 성명은 어찌 되오?"

"내 성명은 아무갭니더."

시간이 지나 과거를 치를 때가 되었어. 그 사람은 글을 지어 올렸지. 숙종 대왕은 이미 그를 뽑기로 마음먹고 있었어. 당연히 그가 뽑혔지. 그는 이제 벼슬을 하고 풍족하게 살았다고 해. 결국 점쟁이의 말이 맞았던 거야._울주군 두동면

2-9. 점 보러 갔다가 거꾸로 매달린 머슴

성은 황씬데 어려서부터 부모를 잃고 남의 집에서 머슴살이를 한 사내가 있었어. 나이는 서른여섯 살이 되었는데 수중에 돈이라곤 딱 백 냥뿐이야. 지금까지 십 년 동안 머슴 생활을 했는데도 돈은 여전히 그대로였어. 황머슴은 이대로는 안 되겠다 싶어서 서울에 용한 점쟁이를 찾아갔지.

'나이 애리서부터어려서부터 이래 고생을 해가 사는데 나이 삼십이 넘어 가지고 여네여태 이럴 것 같으면 내가 죽지 뭐하겠노. 점이나 한번 보고 여네 이렇다 하믄 칵 죽을란다.'

황머슴은 점쟁이를 찾아와 말했어.

"점 보러 왔습니더."

"자, 앉으시오."

"돈 백 냥 가 왔습니더."

"주시오."

점쟁이는 점을 보더니 점괘를 풀어 주지도, 길흉화복을 알려 주지도 않고 대뜸 하인을 불렀어.

"여봐라! 밧줄 하나 가지고 오고, 장골將骨도 한 댓명 오라고 해라. 밧줄로 저 손을 꽁꽁 묶어 바깥 나무에 거꾸로 매달아 놓아라."

점 한번 보러 왔다가, 백 냥도 빼앗기고 졸지에 거꾸로 대롱대롱 매달리게 됐으니 얼마나 억울했겠어. 비가 내리면 또 어떻고? 콧구멍이랑 입구멍에 전부 물이 들어가니 죽을 지경이었지. 그런데 몸이 묶여 있으니 어찌 해볼 도리가 없었어.

한밤중까지 황머슴은 몸을 버둥거리다 어딘가에 퉁하고 떨어졌지. 그 근처를 살펴보니 집이 있었어. 집에 들어가 보니 관이 있는 거야. 땅에 묻기 전에 잠시 그 집에 둔 것이었지. 황머슴은 밤이 깊어 일단 거기서 묵기로 했어. 숨죽이고 앉아 있는데 관 안에서 숨 쉬는 소리가 나는 거야. 이상하다 싶어서 관을 살짝 열어 보니 열일고여덟 살 정도 되는 처녀가 누워 있는데 숨을 쉬고 있었어. 황머슴은 처녀를 살려야겠다는 생각에 일단 처녀를 업고 사람 사는 곳을 찾아 뛰었어. 주막에 도착한 황머슴이 말했지.

"여기 방 하나 주소. 이거 사람 좀 살려야 된다꼬."

처녀에게 미음을 먹이고, 살살 주무르니 처녀가 깨어났지. 정신을 차린 처녀가 말했어.

"당신이 절 살려 놓았으니, 제 부탁도 들어주셔야겠습니다."

처녀는 편지를 써서 황머슴에게 건넸어.

"이 골목을 돌아 저 골목으로 가면 김 정승 댁이 나옵니다. 그 집이 바로 저희 집입니다. 이 편지를 들고 가 제가 살았다는 소식을 전하면 여기로 저를 찾으러 올 것입니다. 가서 기별을 해 주세요."

황머슴은 처녀가 준 편지를 가지고 김 정승 댁을 찾았어. 대문에 들어가려고 하니 하인들이 못 들어오게 막는 거야. 대문 앞에서 실랑이를 하고 있으니 방 안에 있던 대감이 물었어.

"자네는 어디서 온 누구인고?"

"예, 여기 아무데 주막에 어르신 따님이 살아 계십니다. 그래서 기별하러 왔습니더."

황머슴이 가지고 온 편지를 보니 자기 딸 글씨인 거야. 김 정승은 하인과 함께 가서 처녀를 데려왔어. 집에 온 처녀는 잘 먹고 쉬다 보니 다시 건강해졌지. 김 정승은 딸을 데려온 황머슴에게 후한 대접을 하고 자기 집에서 살게 했어.

처녀가 시집갈 때가 되었어. 김 정승이 물었지.

"너도 나이가 찼으니 시집갈 때가 된 것 같구나."

"예, 시집을 가야지요."

"그 아무개 대감 댁에 수재秀才가 있다고 하는데, 거기서 혼담이 들어왔다. 네 생각은 어떠냐?"

"아버지, 무슨 말씀을 그렇게 하십니까? 저는 벌써 배필이 정해져 있지 않습니까?"

"그게 무슨 말이냐! 배필이 정해져 있다니!"

"예전에 황씨가 절 살릴 때 황씨 손에 제 몸이 닿지 않은 곳이 없었습니다. 그때 이미 부모님께 받은 삼사계三事戒: 몸,입, 마음의 세 가지에 대해 지켜야 할 계율를 지키지 못했으니 제가 어느 곳으로 시집을 가겠습니까? 안 됩니다."

"그래도 그 사람은 단지 너를 살린 은인이지, 배필은 아니지 않느냐? 그러지 말고 아무개 댁으로 시집을 가거라!"

"그렇게는 못하겠습니다."

처녀는 다른 곳에 시집가지 않겠다며 버텼어. 그날로 아무것도 먹지 않았지. 부모는 딸이 며칠이 지나면 먹겠지라고 생각했지만 이틀이 지나고, 사흘이 지나도 안 먹는 거야. 김 정승과 부인은 딸의 건강이 걱정돼 황머슴과의 혼인을 허락하기로 했어.

"아이고…. 황씨한테 시집보내 줄 테니, 이제 그만 몸 좀 추스르거라."

드디어 처녀와 황 서방이 혼인하는 날이었어. 사람들은 처녀가 어엿한 대감집 총각들을 거절하고 누구와 혼인하는지 궁금

해했지. 막상 신랑을 보니 인사를 할 줄 아나, 글을 쓸 줄 아나, 뭐 하나 할 줄 아는 게 없는 거야. 처녀의 아버지인 김 정승은 자기 사위가 창피했어. 아무래도 안 되겠어서 사위를 죽이고 딸을 개가시킬 계획을 세웠지.

김 정승네 집 근처에는 아주 오래된 집이 있는데, 이 집에만 들어가면 사람이 죽는다고 하는 소문이 있었어. 이 집을 김 정승이 아주 헐값에 사 버렸지. 김 정승은 황머슴을 불렀어.

"황 서방!"

"예."

"자네 언제까지 처가살이만 할 수 있겠나. 내 집을 한 채 사 놓았네. 오늘은 일단 자네 댁은 여기 두고 자네 먼저 가서 집 구경도 좀 하고, 하룻밤 자면서 좀 살펴보고 오게."

"그라모, 장인어른 시키는 대로 하겠심더."

황머슴은 그날로 새집으로 갔어. 가만히 누워 생각해 보니 자기 팔자가 참 기구한 거야. 남의 집에서 머슴살이하다 뛰쳐나와 점쟁이한테 돈을 다 뺏긴 줄 알았는데 이제 보니 그 돈이 하나도 안 아까워. 황머슴이 이런저런 생각을 하고 있던 와중에 어디선가 '쾅' 하는 소리가 났어. 집이 무너지는 것 같은 소리가 났단 말이지. 무슨 소리인가 싶어 문을 열고 보니 금이며 은이 천장에서 떨어진 거라. 이 집이 원래 부잣집이었는데 어디 들보 위에다

없어 놓은 보물이 나무가 삭아서 떨어진 거지. 황머슴이 무식하
긴 해도 금과 은은 알거든.

한편 김 정승네 집에서는 날이 새는 대로 황머슴을 처치하려
고 이미 관을 짜서 준비해 두었어. 당연히 황머슴이 죽어 있을거
라 생각했지. 다음 날이 되어 황머슴이 있는 집으로 가니 황머슴
은 멀쩡한 거야. 황머슴은 자기를 죽이려고 했던 건지도 모르고
관이 들어오니까 좋다며 말했지.

"이기 마치맞게(마침맞게) 들왔뿟네. 돈 여어라(넣어라)."

관은 돈을 넣어 가기에 딱 알맞았어. 돈을 관에 한가득 담아
처갓집에 가니 식구가 생전 먹고도 남을 돈을 가져온 거야. 이제
김 정승네 집에서는 더 이상 황머슴에게 뭐라고 하지 않았어. 황
머슴 내외는 자식도 낳고 잘 살았다고 해. _김해군 녹산면/ 밀양군 밀양
읍

3부

명당 찾아 잘 살아 보소

3-1. 명풍수 성지① — 앞으로 고꾸라져 지리에 통달하다

명풍수 성지聖智가 통도사에서 수행을 하고 있을 때였어. 그 당시만 해도 성지는 가장 어린 스님이라 천한 일은 혼자 다 맡아서 했지. 성지는 가만히 생각했어.

'사람이 다 같이 이 세상에 태어나가꼬 누구는 저래 앉아 가지고 남을 시키 묵꼬 누구는 맨날 심부름만 하다가 인생 다 마치겠네?'

성지는 더 이상은 못 견디고 절에서 나와 통도사 옆에 있는 골짜기로 들어갔어. 성지는 백 일 동안 수행하기로 마음먹었지.

'나도 이 세상에 태어나가꼬 다른 사람들 같은 그런 거 한번 돼 보자'

어느덧 성지가 수행한 지 99일째 되는 날이었어. 그날도 역시 공양하려고 밥을 짓고 있었지. 그런데 어디에선가 노인과 포수가 나타나더니 성지에게 다가와 말했어.

"우리가 산에 사냥하러 갔다 오이 배가 고파가 지금 기갈이 작심하다. 느그 밥 짓는 거 좀 내놔 봐라."

성지는 말했지.

"이거는 내가 기도하는 밥인데, 기도 한 뒤에 드릴 모양이니까네 좀 앉아 계시소."

"우리가 기도할 때까지 몬 기다린다. 지금 배가 고파가 못 기다리니까네 기도는 낸중에 하고 밥부터 내놔라."

노인과 성지는 계속해서 실랑이했어. 노인은 기도가 끝날 때까지 못 기다리겠다 하고 성지도 기도가 끝날 때까지 절대 못 주겠다고 말이야. 노인이 포수에게 말했어.

"저놈이 죽어도 못 주겠다고 하니 총 겨눠라."

포수가 성지를 향해 총을 겨누고 방아쇠를 당겼어. '쾅' 하는 소리와 함께 성지가 앞으로 고꾸라졌지. 주변이 조용해진 뒤 성지가 깨어나 보니 포수도 없고 노인도 없는 거야. 오직 기도에 올릴 밥만 덩그러니 있을 뿐이었지. 성지의 주변에는 환하게 빛이 나고 있었어. 성지가 백 일 동안 수행하면서 도통道通한 것이지. 그래서 성지가 수행한 골짜기를 성지골짜기라고 불러.

그런데 성지가 왜 지리地理에 도통하게 됐는 줄 알아? 포수가 성지를 쐈을 때, 성지가 앞으로 엎어졌잖아. 그래서 성지가 지리에 통하게 됐다는 말이 있어. 만약 바닥으로 엎어지지 않고 하늘을 보고 넘어졌으면 천문天文에 통했을 텐데 말이야. _울주군 청량면

3-2. 명풍수 성지② ─ 출생의 비밀

성지는 금강산에 들어가 풍수를 공부했어. 한 삼십 년 정도 되었을까? 이제는 공부를 많이 했다는 생각이 들었는지 산에서 내려와 자신의 실력을 한번 시험해 보기로 했지. 한참을 내려오는 길에 마침 아주 좋은 자리를 만났어. 성지는 잠깐 쉬다 갈 겸 자리를 잡고 앉았지. 편안히 앉아서 쉬다 보니 손에 뭔가 걸리는 거야. 자세히 살펴보니 사람 갈비뼈가 나와 있더라고. 그 묘터는 당대 판서가 날 자리였고 분명 이 묏자리 주인의 자식이 어딘가에서 판서를 하고 있을 거라 생각했어.

'에라이 내 시험 함한번 해보자.'

성지는 소나무 가지를 주워 다듬었어. 그런 다음 말뚝 모양으로 만들어 잔디밭에 삐져나온 해골 왼쪽 눈에 박았지. 성지는 이제 서울 장안으로 향했어. 서울에 도착한 성지는 주막에 들어가 기다려 보기로 했어. 다음 날 아침이 되자, 아니나 다를까 온갖

거리에 방이 붙어 있는 거야.

'엊저녁부터 김 정승의 눈이 아프니 고칠 수 있는 의원들은 모이시오.'

동네의 의원들은 모두 김 정승네 집으로 모여들었어. 성지도 의원을 가장해서 정승의 집에 찾아갔지. 의원들이 차례차례 김 정승을 살펴보았어. 하지만 차도가 없자 결국 성지의 차례가 되었지. 성지는 들어가기 전 밥을 약처럼 만들었어. 의원처럼 보이려면 뭐라도 있어야 했거든. 성지가 들어가자 대감이 말했어.

"눈이 아파 죽게 생겼으니 어떻게 하면 낫겠소? 왼쪽 눈만 너무 아프니 차라리 오른쪽 눈이 아픈 게 나을 것 같소."

"마 오늘 저녁 자고 내일이면 왼쪽 눈은 괜안코 오른 눈이 아플 낍니더."

성지는 대감에게 밥으로 만든 약을 주고 나와 어제 그 묘터로 향했어. 왼쪽 눈에 박은 말뚝을 빼서 해골의 오른쪽 눈에 꽂았지. 다음 날 새벽이 되자 대감의 오른쪽 눈이 아프기 시작했어. 대감은 성지가 반드시 자신의 눈을 고칠 수 있다는 확신이 들자 다시 불러오라고 했어. 성지는 약처럼 만든 밥을 또 주었지. 그런 다음 해골에 있는 말뚝을 모두 빼 버렸어. 대감의 병은 깨끗이 나았고, 대감은 성지를 다시 불렀어.

"눈병을 낫게 해줬으니 살림의 반을 드리겠소."

"나는 살림도 필요 없고, 돈도 필요 없는 사람입니더. 대신 내가 무슨 말을 해도 됩니꺼?"

"하시지요."

"그라모 대감님 아바씨 산소가 어뎁니꺼?"

"어느 고을 살 때 거기서 돌아가셨소. 산소도 거기에 있소."

대감이 말한 그곳이 경기도 광주쯤 되는 모양이야. 성지가 대감이 말해 준 그곳을 가 보니 해골이 있던 자리도 아닐뿐더러 판서 날 데도 아니고 잘살 형편도 아니었어. 성지는 생각했지.

'참, 이상하네 내가 그 두골頭骨 눈 이짝 왼쪽에다 말뚝으로 박았다가 저짝 오른쪽에다 박았다가, 그게 틀림없이 저 대감 아밴데, 그라모 이 비밀을 캐야 되겠는데. 즈그 아배 찾아 주야 되겠는데.'

성지는 다시 대감집을 찾아갔어. 이번에는 대감의 어머니를 조용히 불렀지. 성지가 물었어.

"내한테만 가르쳐 주문 큰일이 안 벌어질 끼고 안 망할 끼니께 똑바로 얘기하소. 대감님 뱄을 때 상황이 어땠는교?"

대감의 어머니는 울면서 설명해 주었어. 대감을 잉태하는 날 저녁에 도둑이 든 거야. 어머니는 자고 있다가 도둑에게 큰일을 당하고 말았어. 도둑은 달아나다 집안 종들에게 죽임을 당하고 말았고. 대감의 아버지는 보름에 한 번씩 집에 오니 그 사실은 모르고 있었지. 아무튼 집안 사람들은 도둑을 죽여 삼각산 밑에 가서 버리라고 했어. 그런데 그 시체를 호랑이가 물어다 그 자리, 지금의 명당자리에 가져다 놓은 거야. 성지는 대감의 어머니에게 말했어.

"당신이 죽을 때꺼정 내 이야기 한 개도 안 하고 비밀을 지켜 줄 끼니 내 말대로 하이소. 내가 대감 진짜 아배의 해골을 발견했다 아입니꺼. 아마 틀림없을 낍니더. 앞으로 묘소를 잘 챙기야 지금처럼 잘살 수 있습니더."

대감의 어머니는 그 길로 성지가 알려 준 묘터로 찾아가 백골을 모아 제대로 봉분했고, 이전처럼 계속 잘살았어. 덕분에 성지의 풍수 보는 실력도 증명되었지. _의령군 정곡면

3-3. 명풍수 성지③—명당을 얻어 낸 동생의 피

울산에 한 형제가 사는데 형편이 가난해서 신통한 풍수가를 모실 수가 없었어. 아버지가 돌아가셨는데 제대로 된 묏자리를 정하지 못했거든. 동생이 형보고 말했어.

"형님요, 우리도 성지가 오믄 묏자리 하나 얻어 써야 안 되겠는교?"

"야야, 그기사 내 예전부터 마음에 있지만 그기 우리 형세가 이라이까네 성지를 한번 모실 수도 없고, 오믄 부잣집에 가 삐고 이라이 우리는 뭐 도저히 가능성이 없다."

"그라모 내가 성지를 한번 모시도록 할 끼니께 형님은 내 말만 들으소."

동생은 조용히 이야기하기 시작했어.

"성지가 올 때믄 아무 고개를 넘어오는데, 형님이 그 고개로 가가 일로^{이렇게} 하고 계시소. 밑에서 나무를 하든가 하고 있으모 성지 오믄 내가 만내 가지고 그놈을 마 죽일 작정을 하고 때릴 낍니더. 금마가 사람 살리라 고함을 지르고 이래 쌓거든 형님은 그 밑에서 고함을 지르고 올라와가 어느 놈이 사람을 이래 해놨노 이래하믄 내가 달아나 삘께. 그라믄 그때 형님이 성지를 업고 집에 가가 구환을 하소."

드디어 성지가 온다고 한 날이 되었어. 형은 밑에서 나무를 하고 있고 동생은 딱 길목에 누워 있었지. 성지가 올라오다 보니 사람이 누워 있는데 옆으로 비켜갈 수 없는 길인 거야. 그래서 어쩔 수 없이 타고 넘어가려는데 갑자기 그 사람이 일어나더니 다짜고짜 성지를 죽어라고 때리기 시작했어. 성지는 살려 달라고 소리쳤어. 고함을 들은 형이 성지가 있는 쪽으로 달려왔고, 동생은 쫓겨 달아나는 척 했어. 형은 성지를 부축하며 일으켰어. 성지가 말했지.

"아이고, 이거 그 억수로 부랑한 넘을 만내가 오늘 이거 당신 아이였으믄…."

"이래가 집까지 가겠나? 우리집에 가가 하룻밤 쉬어 가이소."

형이 정중히 부탁하자 성지는 하룻밤 쉬어 가기로 했어. 집에서 쉬다 보니 도와준 사람이 상주인 것 같은 거야. 예전에는 상중인 사람들이 어떤 표시를 하고 있었거든. 성지가 물었지.

"아, 여 보이까 상주님이네요. 부모님 묏자리 잡았습니꺼?"

"아직 못 했습니더."

"그로모 내가 아는 거 얼마 없지만 자리 한 개 구해 줄 끼니께 그리 하도록 하소."

성지와 형은 울산 남창에 있는 산에 올랐어. 성지가 한곳에서 멈추더니 물었어.

"당대에 팔도병사할 자리를 쓸라나 아니모 삼대 만에 정승될 자리를 쓸라나?"

형은 당대에 팔도병사가 날 자리도 좋고 삼대 만에 정승날 자리도 좋아서 대답을 못했어. 형은 말했지.

"내가 저녁에 함 생각해 보고 낼 아침에 보입시더."

집으로 돌아온 형은 동생을 불러 말했어.

"야야, 오늘 산에 가 보이 이렇고 이런 혈이 두 낱이 있는데, 어느 것을 하믄 좋겠노?"

"형님, 우리가 이리 가난한데 우예 삼대꺼정 정승이 나도록 기다릴깅교? 당대 팔도병사를 해야제."

다음 날 아침이 되자, 형은 성지에게 팔도병사가 날 자리를 달라고 했어. 그랬더니 성지가 하관할 때 말 천 마리가 필요하다는 거야. 예전에 터를 보는 사람들은 상주가 그럴 만한 자격이 있는 사람에게만 그 자리를 주는 것이었거든. 형은 성지에게 다음 날 다시 만나기로 하고 동생을 불렀어.

"야야, 클 났다. 그 터를 얻기는 얻었는데, 하관할 때 말 천 마리를 매야 된다 카는데 한 마리도 못 매는 우리 처지에 말 천 마리를 우째 매겠노? 안 된다."

"형님 마 걱정 마소. 내가 말 천 마리를 맬 끼니게."

"그래, 우예 매노?"

"말 천 마리를 만들모 안 되겠능교? 형님, 잠이나 자소."

그날 밤, 동생은 소나무 말뚝을 천 개나 만들었어. 그런 다음 아버지 관 주위로 빙 둘러 가며 말뚝을 맸지. 이제 아버지 하관이 끝나고 흙을 덮는데 뒤에 숨어 지켜보던 동생이 뛰쳐나와 우는 거야. 성지가 가만히 보니까 자기를 때렸던 그 사내거든. 성지가 동생을 보더니 말했어.

"니 그 정도믄 팔도병사 하겠다." _울주군 청량면

3-4. 명풍수 성지④ ― 명풍수도 몰랐던 것

성지가 어느 날 산의 지리를 보러 다니다가, 여기 저기 돌아다니다 보니 먹을 것은 없고 주변은 어둡고 죽을 지경인 거야. 그때 마침 산에서 나무하는 사람을 발견했어. 성지가 소리쳤어.

"이 사람아, 내가 허기를 만냈는데 사람을 좀 구해 돌라."

나무꾼은 자신이 싸 온 밥을 나눠 주었어. 허겁지겁 먹은 성지는 고마운 마음에 뭐라도 보답하고 싶었지. 그런데 나무꾼을 자세히 보니 나무꾼이 상제인거야. 상제는 부모님이 돌아가셔서 상중에 있는 사람을 말해. 성지가 나무꾼에게 말했어.

"이 사람아, 보아 하니 상제喪制 같은데 그래 산소 딜였나?"

"산소 아직 안 딜였습니다."

사실 나무꾼은 아버지를 아무데나 묻을 수 없어 임시로 매장해 놓고 있었어. 성지는 나무꾼에게 세 달 만에 만석 살림할 자리로 묏자리를 써 주었어. 언제, 어디에 아버지를 매장하라고까지 말해 주고 성지는 나무꾼이 있는 동네를 떠났지.

성지는 그후로 여기저기 돌아다녔어. 그러다 삼 년쯤 지나 나무꾼이 있는 동네를 지나가게 되었지. 성지는 생각했어. 만약 나무꾼이 만석꾼이 되었다면 동네도 아주 번창할 것이고 다들 잘 살고 있을 것이라고 말이야. 그런데 막상 동네에 가 보니 나무꾼 아버지의 묘는 그대로 있는데 동네는 캄캄한 거야. 성지는 옆에서 논을 갈고 있는 사람한테 물었어.

"여어 뫼 자손이 어찌 돼가 있습니꺼?"

"가가 뫼 씨기 전에는 그냥저냥 밥을 묵고 지냈는데, 묘를 쓰고 나서는 우예 나쁜 병이 들어 가지고 어데로 갔는지 흔적도 없다."

성지는 이상해서 다음 날도 그 묏자리를 찾았어. 다시 살펴봐도 분명 만석꾼이 될 자리를 써 준 것이었거든. 성지는 자기가 묏자리를 잘못 쓴 것만이 아니라 남의 신세까지 망치게 했다는 생각에 화가 나서 참을 수가 없었어. 풍수 볼 때 쓰는 패철을 바위에 패대기쳐 부숴 버리려고 하는데 갑자기 뒤에서 누가 확 붙잡는 거야.

"성지야. 니가 그걸 모른다. 자리는 만석꾼이 날 자리다. 그런 자린데 거 누븐 영혼이 살인을 많이 핸 사람이다. 살인을 하이 하늘을 거슬러 가지고 오히려 화를 받았다 아이가. 니가 그걸 알아야 된데이."

　성지는 일단 그 동네를 떠나기로 했어. 옆 동네에 와서 알고
보니 자기가 묘를 써 줬던 나무꾼의 아버지가 이전에 망나니였
던 거야. 망나니라 사람을 많이 죽였던 거지. 그러니 하늘의 뜻
이 제대로 통하지 않았고 자손이 해를 볼 수밖에. _김해군 녹산면

3-5. '천 년' 뒤 명당

한 노인이 죽을 때쯤 자식을 불러 이야기했어.

"내가 죽거든 묘를 쓰되 아무데나 쓰지 말고 내하고 친한 그 아무개를 찾아가가 묏자리를 잡아 써라."

얼마 뒤, 노인이 죽었어. 자식들은 아버지의 유언에 따라 아버지의 친한 친구를 찾아갔어. 자식들이 아버지 이야기를 하니 아버지 친구가 묏자리를 잡아 주기로 했지. 아버지 친구와 자식들은 묘터를 찾아 함께 집을 나섰어. 그런데 아버지 친구가 낙동강 강변에 비 한 줄기 오면 언덕이 무너질 것 같은 데다가 묘터를 정하려 하는 거야. 자식들은 생각했어.

"참 이상하네. 세상에 비만 한 줄기 내리가 흘러 내리가믄 무너지 삘 낀데 여따 써가 되나?"

그래도 자식들은 아버지의 유언에 따라 아버지 친구의 결정을 따를 수밖에 없었어. 아버지 친구는 아버지 관에다가 절대로 안 지워지도록 글을 써 놓았지.

'사거일천년후'死去一千年後, 죽은 지 천 년 후에,

'봉심어사'逢沈御史, 심어사를 만나 가지고,

'장어화양산'葬於華陽山, 화양산에 장사해라.

물이 닿아도 전혀 번지지 않도록 이렇게 딱 써 놓았단 말이야. 그렇게 아버지를 묻고 장사를 지냈지. 그런데 아니나 다를까. 장사를 지낸 후 3일이 되자 큰 폭우가 내려서 아버지를 묻은 언덕이 무너져 내린 거야. 아버지 관은 낙동강으로 떠내려가 버렸어.

며칠이 지나고 어떤 어사가 의령에서 창녕으로 가고 있었어. 나룻배를 타고 가는데 저 강 한복판에 어떤 관이 물에 빠졌다가 나왔다가 하는 거야. 어사는 관을 건져 올리라고 했어. 그랬더니 관에 "사거일천년후, 봉심어사, 장어화양산"이라고 써 있었어. 어사가 말했어.

"하, 이 사람이 천 년 전에 내가 어사 될 줄을 알았네! 천 년 전에 내를 알다이. 이기 참말로 위인이네! 내가 장사를 해주야 되겠다."

어사가 사공에게 물었어.

"여어 화양산이 어디고? 어사 출또出頭한다!" _의령군 지정면

3-6. 우물 명당

진양에 한 부부가 살았는데, 남편이 아파서 고생을 좀 했던 모양이야. 아내는 아픈 남편의 곁에서 병수발을 들었지. 어느 날 남편은 갑자기 할 말이 있다고 하더니 아내에게 아들을 불러 달라고 했어. 아내는 나가 있으라면서 말이야. 아내는 생각했어.

'저래 편찮아 가지고 언제 어느새 세상 베릴^{버릴} 줄 모리는데 와 내한테 못 할 말이 있고, 자식한테는 무신 할 말이 있는고?'

아내는 아들이 들어가자 문밖에서 조용히 엿들었어. 남편이 아들에게 말했어.

"야야, 내 죽거든 이 마을의 샘 안에 낼로^{나를} 여어^{넣어} 도라. 아무한테도 알리지 말고 느그 어무이가 알려 달라 캐도 말이다. 느그 어무이가 알게 되믄 다른 사람한테 탄로가 날 끼라. 니는 명심하고 있다가 내가 죽거든 그래 해라이. 내 유언이다."

남편이 죽자 아들은 아버지의 유언을 따랐어. 아들은 아버지의 초상을 가짜로 치르고 진짜 아버지의 시체는 몰래 마을 우물 안에 넣어 놓았던 거지. 그후로 모자의 살림살이가 갈수록 나아지더래. 마을 사람들이 "저 집은 즈그 아배가 세상 떠나고 나니께 저래 부자가 됐네"라고 말하고 다닐 정도였어.

어느 날, 어머니와 아들이 아버지 문제로 다툰 적이 있었어. 어머니는 말했지.

"야야, 우리가 니 복으로 잘 된 줄 아나? 즈그 아배 시체를 갖다가 물에다 담가 놓고, 니 복으로 잘 된 줄 아나?"

어머니는 남편의 시체가 우물에 있다는 걸 다 알고 있었어. 그렇게 모자가 다투는 소리를 지나가던 마을 사람이 듣게 되었지. 마을 사람은 당장 우물을 파 보았어. 그랬더니 막 용이 되어 승천하려던 시신이 순식간에 원래의 시체로 변해 둥둥 떠 버렸대. _진양군 대곡면

3-7. 죽은 자식에게서 자손 보는 혈

평산平山이란 곳은 산이 아주 좋았다고 해. 옛날에 평산 신씨申氏 노인이 살았는데 자식이 없었어. 다행히 늘그막에 아이 한 명을 얻어 잘 키우고 있었어. 그런데 아이가 아무 이유도 없이 갑자기 죽어 버린 거야.

"에이, 빌어묵을. 아를 잃어 삐렸으니 할 수 없다. 나도 따라 죽어야지 안 되겠다."

신씨는 그날부터 문을 걸어 잠그고 방에서 나오지 않았대. 밥도 안 먹고 말야. 오직 '관세음보살'만 외칠 뿐이었어. 신씨의 부인이 말했어.

"아이구, 제발 문 좀 끼루소열어 주시오. 그래 쌓다가는 당신도 죽고 내도 죽겠다. 죽은 사람은 영 죽은 건데 아아 때매 자꾸 그래 싸믄 우짜노?"

신씨는 며칠이 지나도 방에서 나오지 않았어. 그런데 어느 날

집으로 스님이 찾아온 거야.

"어른을 좀 만나 보겠심더."

"아이고, 만나 보고 우짜고 간에 지금 아가 죽어가, 저 방에 있는데 만내도 못 할 낍니다. 갈라 카면 직접 만내 보고 스님이 얘기하소."

스님은 문을 당겼지만 열리지 않아서 문을 부수고 들어갔어. 방에는 신씨 어른이 죽은 아이를 무릎 위에 앉혀 놓고 여전히 관세음보살 하면서 염불하고 있는 거야. 아이는 벌써 죽은 지 한참 되어서 썩은 냄새가 방 안에 진동하고…. 스님이 신씨의 등을 두드리며 말했어.

"보소, 눈 똑바로 뜨고 쳐다봐라. 아아가 반치나 썩어 뻤는데 지금 자꾸 그래 싸믄 우짤 끼고. 그래가 죽은 사람 살아 오겠나? 그래 하지 말고 내 말 쫌 들어 보소."

신씨는 그제야 정신을 좀 차리고 주변을 살펴보았어. 자기가 보기에도 자신이 실없고 미친 사람 같아 보였지. 스님이 신씨를 살살 달래며 말했어.

"그래 앉아 있지 말고, 내가 좋은 방법 있으니까 내 말 한 번만 들으모 어떻겠소? 죽은 아해가 아들을 놓을^{낳을} 수 있게 내 해 줄 테니."

다른 방도가 있나. 신씨는 스님의 말을 듣기로 했어. 스님은 고을 들어오는 길에 있는 주막 뒤에 죽은 아이의 묏자리를 쓰면 어떻겠느냐고 했지.

"요오 딱 요리 뫼를 써 줄 낀께네 마 될 낍니다. 아를 묻어 주면서 평소 좋아하는 물건을 묘 안에 묻으소."

신씨는 아이가 잘 가지고 놀던 칼을 아이와 함께 묻어 주었어. 그렇게 신씨는 아이를 잊고 평소대로 지내게 되었어.

어느 날, 신씨가 사는 마을에 고을 원님과 원님의 딸이 길을 가고 있었어. 그런데 갑자기 소나기가 퍼붓는 거야. 원님과 그 딸은 할 수 없이 가까운 주막에서 하루 묵고 가기로 했어. 시간이 지나 소나기는 멈추었고 하늘이 점차 맑아졌어. 잠이 깬 원님의 딸은 산책할 겸 주막 주변을 거니는데 한 총각이 무덤에서 불쑥 나타났어. 그러고는 총각이 원님의 딸에게 가까이 오더니 손목을 확 잡는 거야.

"야, 여 마 봐라."

"그기 아이라고. 니하고 내하고 천생 배필인데 그랄 것 없다."

가만히 보니 원님의 딸도 총각이 나쁘지 않아서 둘이 하룻밤을 보내곤 서로를 증명할 정표를 주고받았어. 총각은 원님의 딸에게 은장도 같은 칼을 주었고, 원님의 딸은 금가락지를 빼 주었어. 그리고 그날 밤 이후, 총각은 사라졌어.

원님은 고을을 둘러본 후, 다시 자신의 관청으로 돌아가 그

전과 마찬가지로 일을 처리했지. 물론 원님의 딸도 원님을 따라 돌아갔어. 그런데 날이 갈수록 원님 딸의 배가 점점 불러오는 거야. 원님은 이상하게 생각했지.

"이년아. 이 죽일 년아. 양반의 딸이 그럴 수가 있나. 니를 죽이야 되겠다."

"아부지예. 지는 죄 지은 일이 없습니다."

"죄 지은 일이 없고서야 그럴 택이 있나? 아니 땐 부석^{아궁이}에 연기 날 택이 있느냔 말이다."

원님의 딸은 사실대로 이야기했어. 원님은 일단 딸이 아이를 낳을 때까지 기다린 다음, 딸이 몸을 풀자 예전에 딸과 함께 묵었던 그 주막에 찾아갔어. 딸이 낳은 갓난아이를 데리고 말이야. 주막 옆에는 과연 조그만 무덤 하나가 있었지. 원님은 묘비에 적힌 무덤의 주인을 찾아서 그 집으로 갔어. 원님이 그 집 노인에게 말했어.

"이 아는 당신 집 손자니까 데리고 가소."

"이 아가 내 손잔지 우째 아는교. 어뜬 놈우 자식인지 알고 내가 데꼬 가노?"

원님이 노인에게 사연을 이야기하고 작은 칼까지 보여 주자 그제야 노인은 아이가 자신의 손자라는 걸 믿었어. 원님이 보여 준 작은 칼이 바로 자기가 아들을 묻을 때 함께 묻었던 칼이었거든. 알고 보니 원님은 평산 신씨 노인의 집을 찾아간 것이었어. 그때 집에 찾아왔던 스님이 정말로 자신은 죽어도 그 자손을 살리는 혈을 묏자리로 잡아 줬던 거지. _진주시 상봉동동(上鳳東洞)

3-8. 삼두 팔족혈을 찾아라

풍수지리를 아주 잘 보는 노인이 있었어. 노인에겐 아들이 한 명
있었는데, 아들이 아버지를 가만히 보니까 다른 사람의 묏자리
는 잘 잡아 주면서 자기 묏자리에는 관심이 없는 거야. 아버지가
돌아가실 때가 되니까 아들은 점점 초조해졌어. 어느 날 아들이
아버지에게 물었지.

"저 아부지예, 와 넘우_{남의} 미묘 터는 잡아 주믄서 그래 아부지
터는 하나 왜 안 구해 놓습니꺼?"

"야, 있기는 있지마는 그거는 쫌 애럽다."

"와 그래 어렵습니꺼?"

아버지는 계속 어렵다고만 하면서 말을 안 해주는 거야. 그러
다 아버지가 임종 직전에야,

"삼두三頭 팔족혈八足穴이다"라고만 했어.

그저 '삼두 팔족혈'이란 말만 남기고 아버지는 세상을 떠나

버린 거야.

아들은 아버지의 초상을 다 치르고, 아버지가 말한 '삼두 팔족혈'을 찾아 조선 팔도를 돌아다니기 시작했어. 그런데 그런 지명은 도저히 찾을 수가 없는 거야. 그후로도 삼 년 내내 '삼두 팔족혈'을 찾아다니며 갖은 고생을 다 했지만 소용이 없었어. 결국 아들은 아버지 묏자리를 찾지 못했다는 죄책감에 벼랑 끝에 가서 떨어져 죽기로 했어.

죽으려고 아래를 내려다보는데, 마침 한 여자가 말에 물을 싣고 올라오는 거야. 그러곤 눈 깜짝할 새에 자기가 있는 쪽으로 오더니,

"당신 대체 뭐 때문에 여게서 죽을라 카노?"

"아, 그런 기 아이라. 우리 아부지가 풍수로 따른 사람 미묘 터는 다 잡아 주믄서, 아부지 눕을 자리는 어렵다꼬 몬 잡는 기라. '삼두 팔족혈'이라 캤는데, 도저히 그런 데가 없드라. 그래가 내가 우리 부모의 그 원을 몬 풀었으이 내가 죽을 수뱍이 없다. 그래서 내 죽을라꼬 한다."

"그라모 죽지 말고, 내가 이거를 넘가 왔으이 내 혼자 몬 실을 낀데 내 말에 짐이나 좀 실어 주소."

아들은 죽으려고는 했지만 여자 혼자 싣기엔 짐이 많아 안 도와 줄 수가 없었어. 그래서 짐 싣는 걸 도와줬대. 짐을 무사히 실

어 주고 나니까 여자가 말하더래.

"바로 요게가 당신이 찾던 그기라. 삼두三頭니께 사람 머리[頭] 둘, 말 머리 하나니께 삼두 아입니껴? 말 다리[足] 너이, 사람 다 리가 너이니꺼네 삼두에 팔족혈八足穴이 바로 요게라." 그러고는 여자는 홀연 사라졌어.

아들은 그 자리를 아버지의 묘터로 정하고 아버지의 묘를 잘 지키면서 살았대._밀양군 밀양읍

3-9. 두루마기 자락이 걸린 자리

경남 밀양에 가난하게 사는 노인 부부가 있었어. 가난을 견디다 못한 할머니가 말했지.

"아이고, 우리도 어데 가가 풍수해가 돈 좀 벌어 오소."

마침 노인 부부의 앞집에 사는 영감이 풍수가로 돈을 벌고 있었거든. 할머니가 자꾸 재촉하니 할아버지는 별수 없이 두루마기 하나만 걸치고 돈을 벌겠다며 나갔어.

그렇게 여기 저기 돌아다니다 한 동네에 들어가니 마침 큰 부잣집에 초상이 난 거야. 풍수가도 여럿 모여 있었어. 시간이 좀 지나니 풍수가들이 하나둘 집으로 돌아가고 할어버지만 남았지. 할아버지가 상주에게 말했어.

"내도 풍수지리를 쪼매 배았으이, 내가 뫼터 한 군데 잡아 주꾸마."

상주는 좋다며 할아버지를 데리고 산에 올라갔어. 사실 이 할

아버지는 풍수에 대해 아무것도 몰랐어. 가다 보면 어떻게든 되겠지, 하는 생각으로 상주와 길을 나섰던 거야. 그런데 한참 산을 올라가다 보니 입고 있던 두루마기 자락이 웬 꼬챙이에 걸려 넘어지고 만 거야. 할아버지는 그 자리에 철퍼덕 주저앉고 말았어. 상주는 그것도 모르고,

"이기가 좋습니꺼?"

"이 사람아, 여가 좋으네."

"그라모 좌坐는 무슨 좌로 하고, 파派는 무슨 파*로 하면 되겠습니꺼?"

풍수를 한 번도 배우지 않은 사람이 좌와 파를 알 리가 없지. 순간 저 앞에 서 있는 감나무가 보이는 거라. 노인이 말했어.

"그래, 좌는 간좌艮坐로 놓고…."

또, 감나무 옆에 짚신이 하나 세워져 있는 게 보였어.

"파는 마 신파申派로 하라."

그런데 할아버지가 말한 간좌와 신파는 좌청룡, 우백호 자리였어. 묘터가 아주 좋은 자리였지. 어떻게 그런 자리를 골랐나 하니 예전에 경남의 유명한 풍수가인 성지가 여기저기 묘터를 잡으면서 명당에다가 꼬챙이를 꽂아 놓았거든. 우연히 성지가

* 좌(坐)와 파(派)는 풍수를 보는 기준 중 하나.

꽂은 꼬챙이에 할아버지의 옷이 걸렸던 거고. 결국엔 묏자리를

잘 쓴 부자도 더 잘되고 할아버지도 풍수 한 번 하러 나가서 잘

되었다는 이야기야. _밀양군 삼랑진읍

3-10. 죽은 자가 잡은 명당

옛날에 병이 든 아버지를 모시며 사는 아들이 있었어. 어느 날 삼촌이 집에 들러 말했지.

"야야, 느그 아버지가 그래 마이 편찮다고 하는데, 은제 죽을지도 모르는데, 약 좀 써 봐야 안 되겠나?"

"약을 어데 가가 쓰는교?"

"아무 데 가면 거기에 좋은 의원이 있단다. 그 함 가 봐라."

아들은 삼촌이 말해 준 의원에 갔어. 그런데 방에 들어가 보니 의원이 두건을 쓰고 있는거야. 두건은 부모님이 돌아가셔서 상중喪中에 있다는 표시였어. 아들은 약을 짓지 않고 곧장 집으로 들어왔어. 약 지으러 갔던 조카가 약을 안 짓고 왔으니 삼촌이 이상했겠지. 삼촌이 물었어.

"야야, 약 좀 지어 가꼬 왔나?"

"안 지어가 왔습니더."

"와 안 지어가 왔노?"

"거어 가이까네 의원이 두건을 쓰고 앉아 있는데 물어보니 상주라 카대요. 지가 약을 잘 지을 거 같으면 즈그 아부지도 안 직^{일죽일} 낀데 즈그 아버지 직이는 기 무슨 소용이 있는교? 안 지어가 왔습니더."

시간이 지나자 아버지는 세상을 떠나고 말았어. 아버지가 돌아가셨으니 초상을 치러야 하는데 돈도 없고 형편도 어려워서 할 수가 없었지. 걱정이 된 삼촌이 물었어.

"야야, 초상을 안 치믄 우야노?"

"마 이거 형편이 안 됩니더."

"거어 아무데 오두막에 가믄 택일도 잘 하고, 묘터도 잘 본단다. 거어 함 가 봐라."

아들은 삼촌이 말해 준 곳으로 갔어. 오두막에 들어갔더니 짚신을 만들고 있는 거야. 아들은 묻지도 않고 돌아왔어. 조카가 오니 삼촌이 물었지.

"거어 가가 물어 봤나?"

"거어 가 보이까 뭐 쪼매난 집 한 개 있는데 짚신 삼고 앉아 있데요."

"그면 짚신 삼지. 그기 머 문제 있나?"

"거어 가가 머 물어 볼 기 있는교? 즈그가 그렇게 잘 알 거 겉으면 즈그 아부지 묘 좋은 데 써 가꼬 즈그가 잘살 낀데, 거어 뭐 할라꼬 묻는교?"

"그라믄 느그 아부지 우야노?"

"뭐 내중에 자리 씰쓸 데 있으모 씨지요."

삼촌은 조카가 말을 듣지 않자 자기 마음대로 하게 내버려 두었어. 한 일 년 쯤 지났을까? 조카는 삼촌을 찾아가 말했어.

"삼촌, 오늘 마 아부지 장사를 할랍니더."

"장사를 할라 카믄 머 준비가 됐나?"

"내가 짊어지고 가 가지고 아무데나 묻으믄 안 되겠는교?"

삼촌은 조카의 집으로 가서 어떻게 하려는지 볼 작정이었어. 다음 날 아침이 되자 아들은 아버지의 시체를 돌돌 말아 묶어 지게에 얹었어. 그 위에 삽이랑 괭이도 챙겼지. 그리고 산에 오르기 시작했어. 삼촌은 조카가 어디에서 멈추나 하고 봤는데 제일 높은 꼭대기까지 올라가는 거야. 그러더니,

"아부지예, 뭐 여어 아무데나 좋은 자리 잡으소".

아들은 자기 아버지를 산 위에서 굴린 뒤, 아버지가 멈춘 곳에 묻어 드렸대._울주군 언양면

4부

원님요 갓 좀 찾아 주이소

4-1. 어린 원님

고유高裕라는 사람이 창녕에 원님으로 부임하게 됐어. 나이가 어린데도 워낙 총명해서 조정에서 원님으로 보낸 거지. 창녕에서 일하면서 어찌나 판결을 잘하기로 소문이 났는지 나중에는 사람들이 고유라는 이름 대신 고창녕이라고 부를 정도였어. 그 고창녕이 가마를 타고 창녕으로 들어올 때의 일이야. 때마침 지나가던 고을 이방과 마주쳤지. 이방이 가마 안을 들여다보니, 웬 조그만 아이가 타고 있는 거야.

"애린 원님이 온다드만 진짜 주먹만 하네. 뭔 가마씩이나 타고 있노. 도포 소매 안에 여어도넣어도 되겠다. 우리 고을은 망했다. 어린 아가 무신 목민관을 하겠노."

가마 안에서 그 소리를 들은 고창녕은 이방의 얼굴을 기억해 두었지. 도착해 보니 이방들뿐 아니라 동네 사람들이 다 수군대는 거야. 너무 어렸으니까 무시할 만했던 거지. 고창녕은 길에서 자신을 무시했던 이방을 불렀어.

"저기 마당 끝에 있는 저 나무가 무슨 나무고?"

"서울에서는 뭐라 하는지 모르겠는데예. 여기 말로 수수라고 합니더."

"그래? 그라모 수수나무는 몇 해째 나는 기고?"

"금년초今年草라고 하니까네, 일 년만 살고 죽는 나뭅니더."

"저거 뿐지르지 말고 곱게 빼가빼어서 온나. 그래가 니 소매 안에 한번 여어 봐라. 단, 뿐지르지 말고 여어야 된다."

그제야 잘못을 알아 챈 이방은 원님께 빌었어.

"지가 죽을 죄를 졌습니더. 우쩨든지 제발 살리 주이소."

"한 해 묵은 수숫대도 안 부러뜨리고 소매 안에 못 넣으면서 열세 살 묵은 내를 우쩨 니 소매 안에 그냥 옇겠노? 십삼 년을 큰 날로 갓다가, 감히 니 소매 안에다 여어?"

이방은 고창녕이 어리다고 무시했다가 혼쭐이 난거지. 그후로 사람들은 어린 고창녕을 무시하지 않았다고 해._진양군 미천면

4-2. 현명한 원님 고창녕

1) 갓값 물어 준 사연

옛날에 한 양반이 거제 땅을 지나는데 바람이 휙 하고 불더래. 그래서 그만 갓이 날아가고 말았대. 그 양반은 너무 가난해서 갓을 새로 살 돈도 없고, 그렇다고 양반 체면에 갓을 벗고 다닐 수도 없어서 결국엔 원님을 찾아갔대. 내 갓을 이 고을에서 잃어버렸으니 물어내라고 말이야. 그때 마침 판결을 잘하기로 유명한 고창녕이 거제 원님으로 있었거든, 양반이 원님한테 와서 말하더래.

"원님 보소, 내가 요 앞을 지내가다 바람이 불어 가꼬 갓이 날라가 뿟는데, 갓 쫌 사 주이소."

바람이 불어 자기가 잃어버린 걸 원님한테 물어내라니. 보통 사람 같으면 어이없어 하고 말았을 텐데, 고창녕이 보통 사람이 아니잖아. 원님이 그 말을 듣고 가만히 생각하더니 저 바닷가에 가서 고기 잡는 사람들을 불러오라고 했어. 고기 잡는 사람들이 고기를 잡다 말고 원님이 부르니 부리나케 달려왔단 말이야.

"여보소, 이 양반이 저 바람 때문에 갓을 이자뼛단다^{잃어버렸단}다. 그래가 느그가 갓을 사 주야겠다."

"그걸 와 우리가 사 줍니꺼?"

고기 잡는 사람들은 양반이 잃어버린 갓을 갑자기 물어내라고 하니 당황했겠지.

"느그가 엊그저께 바다에다가 바람 안 불라꼬 제사를 지냈다 아이가? 그 바람들이 다 어데로 갔겠노? 바다에 바람 불지 말라꼬 제사를 지냈으이 바람이 다 육지로 쫓기 왔다 아이가. 그래가 이 양반 갓이 날라 갔으이 느그가 물어 줘야제."

결국엔 꼼짝 없이 고기 잡는 사람들이 양반의 갓을 물어 주더란 이야기지._거제군 신현읍

2) 백정이 소를 포기하게 된 사연

어떤 양반이 어찌나 가난하게 살았는지 소가 없어서 논을 갈지 못할 지경이었어. 논을 갈아야 모를 심을 텐데 말이지. 그 윗동네에는 백정이 한 명 살고 있었는데, 그 백정은 어마어마한 부자라 소를 여러 마리 키우고 있었지. 하지만 양반이 백정한테 소를 빌릴 수는 없었어. 조선시대에는 신분이 나누어져 있어서 양반

이 백정이랑 말을 섞는다는 건 상상할 수도 없는 일이었어.

그래도 소가 필요했던 양반은 깊이 고민하다 결국 백정을 찾아갔지. 양반이 찾아오자 백정이 버선발로 뛰어나가 양반을 맞이했어.

"하이구, 서방님예 여어까지 우짠 일입니꺼?"

"이 사람아, 그기 아이다. 내가 안주^{아직} 모심기를 몬 했다. 농우農牛 쫌 빌리 돌라."

"예, 갖다 부리소."

양반은 소를 몰고 와 논을 고르고 나서 아들을 불렀어.

"야야, 그 아무 백정집에다가 소 쫌 몰아다 주라."

양반집 아들이 소를 몰고 가는데 갑자기 똥이 급했어. 사립문 밖 버드나무에 소를 매 놓고 잠깐 볼일을 보고 왔는데 그새 소가 없어진 거야.

한편 백정은 양반집으로 소를 찾으러 갔어.

"와 여어여태 소를 안 몰아다 주십니꺼?"

"우리 아들이 소 안 몰고 왔드나?"

"소라니요? 소 안 왔습디더."

양반은 아들을 불러 자초지종을 알게 됐어.

백정은 할 수 없이 고창녕 원님을 찾아 도움을 청했어. 원님이 가만히 들어 보니 양반 아들이 잘못은 했지만 가난한 양반의 사연도 딱하게 된 거야.

"소가 고삐를 풀고 도망갔는 갑다. 찾아봐야제. 이 양반 어른을 쌍가마에 태워가 댕기면서 찾아봐라."

백정이 가만히 생각해 보니 가마 멜 일꾼을 구해서 소를 찾으러 다니게 된 거야. 소값보다 가마꾼삯이 더 나가게 되었지. 원님에게 가서 다시 말했어.

"내 소 안 찾을랍니더."

"와?"

"가마꾼값이 더 드가겠네예."

그래서 가난한 양반은 소값을 안 갚아도 되게 되었대. 고창녕은 이렇게 판결을 할 때 가난한 사람 처지를 많이 살핀 거야. _밀양군 밀양읍

3) 살인범 찾기

어느 날 아침, 원님 고창녕이 세수를 하려는데 나뭇잎 하나가 세숫대야로 뚝 떨어졌어. 가만히 살펴보니 나뭇잎이 특이하게 생겼어. 나졸을 불러 물었지.

"이래 생긴 나뭇잎이 어데서 왔노?"

"이 짝에는 그런 나뭇잎이 없십니더."

"그럴 수가 있나? 그럼 어데서 날라 왔단 말이고?"

다른 나졸이 대답했어.

"합천 해인사에 크다란 법당 뒤에 있는 그 나무같습니더."

고창녕이 서둘러 해인사로 가 보니 정말 법당 뒤에 그런 나무가 있었어. 나무가 수백 년이나 되어 속이 텅텅 비어 있었지. 자세히 살펴보니 글쎄 칼에 목을 찔려 죽은 여인이 있는 거야. 순식간에 난리가 났지.

"신체에는 손 대지 말고 칼만 빼 가꼬 나오이라."

고창녕은 칼을 받아 들더니 그 칼을 깨끗하게 씻으라고 했어. 자세히 살펴보니 중들이 가지고 다니는 칼이었어. 고창녕은 절에 있는 중들에게 모두 칼을 바치라고 했어. 죽은 여인에게서 빼온 칼을 그 칼들 사이에 섞고는 말했지.

"각자 지 칼을 찾아 가라."

그런데 칼 하나를 아무도 안 찾아 가는 거야.

"이거는 누구 낀데 안 찾아 가노?"

"아무 대사 칼입니더."

"칼 가꼬 가라 캐라. 지 칼인데 안 가꼬 가믄 되나?"

이렇게 되자 칼 주인인 중은 무릎을 꿇고 목숨만은 살려 달라 말했어.

"네 이놈! 니가 진 죄를 니가 받아야지. 바른 말로 안 하모 쥑이 뻔다."

"얼매 전에 아랫마실로 탁발하러 갔다가 그 처자를 보고 마음이 동했심더. 오늘 그 처자가 불공을 드리러 와 가꼬 지도 모르게 음심이 생겨서 범할라 카다가 고마 죽이고 말았심더."

이렇게 해서 고창녕 원님은 아무 죄 없는 처자의 원통함을 풀어 주게 되었어. 처자의 원한이 그 나뭇잎을 고창녕 세숫대야에 떨어뜨렸는지도 모르지.ㅡ밀양군 삼랑진읍

4-3. 사또 놀이

진양군수가 일이 있어 다른 고을에 가고 있었어. 그런데 갑자기 비가 내리더니 더는 길을 갈 수 없을 만큼 쏟아지는 거야. 군수는 일정이 바빴지만 어쩔 수 없이 주막에서 하룻밤 자고 가기로 했어. 하인이 주막으로 들어가 물었어.

"여어 주모. 우리 고을 군수님이 아까 출타하시다가 우중에 여기 들어오셨는데, 저짝 방을 하나 비아^{비워} 주이소."

"저 짝은 뱅^방이 딱 하나 남았는데, 이 동네 아아들이 관원놀음을 하다가, 즈그들끼리 군수를 하나 뽑아 가지고, 그 아를 갖다가 저 방에다 놨다 아입니꺼."

"그라모 그 아를 좀 나오라 쿠먼 안 되겠습니꺼?"

"예, 그래하겠심더."

주모가 아이가 있는 작은 방으로 가서 말했어.

"야야, 저기 어느 고을 군수님이 여를 지나시다가 비를 만내

가지고 여 들어오싰는데, 니가 쫌 나오이라."

"아, 내도 오늘은 군순디요. 내는 여서 안 나갈랍니더. 못 나가 겠심더."

열두서너 살 정도 되는 아이가 자기도 오늘만큼은 군수라면 서 방에서 안 나가겠다고 고집을 피우는 거야. 주모는 하인에게 사정을 말했어. 그런데 이 주막 말고는 근처에 묵을 곳이 없었거 든. 군수도 꼭 이곳에서 묵어야만 했어. 진양군수가 군수 아이에 게 가서 말했어.

"그라믄 내가 천상 비를 피해야 돼가꼬 밖에 있을 수는 없으 이 동석하자."

"그리 하이소."

그렇게 한 방에 두 명의 군수가 묵게 됐어. 두 명의 군수가 가 부좌를 틀고 떡하니 앉아 있는데, 밖에서 소란스러운 소리가 들 리는 거야. 문을 열어 보니 아이와 사내가 죽은 수달을 들고 판 결을 해달라고 서 있어. 사연을 들어 보니 이래.

건넛마을에 한 아이가 수달 가죽을 얻으려고 수달을 쫓고 있 었어. 그런데 수달이 얼마나 빠른지 산을 넘어가는 거야. 수달은 산을 넘어 이 마을로 오게 됐고, 마을로 들어가자마자 동네 개가 튀어나와 수달을 물어 죽이고 말았어. 죽은 수달을 놓고 아이는 자기가 쫓던 수달이니 수달이 자기 것이라고 하고 개 주인은 자기 개가 물었으니 자기가 가져야 한다고 하는 거야. 아이와 사내는 언쟁을 하다 군수가 있다는 주막까지 오게 된 거지.

사람들은 당연히 진짜 군수인 진양군수가 판결을 내릴 것이라고 생각했는데, 진양군수는 생각이 달랐어. 진양군수는 저 아이, 군수로 뽑힌 아이가 어떻게 하는지 보고 싶었던 거야. 진양군수가 말했어.

"나는 타 고을 군수고, 오늘 여기 아들이 서로 즈그가 관원을 정했다 쿠는데, 야가 오늘 뽑힌 군수라."

그러고는 군수 아이를 보더니,

"네가 가서 판결해라." 하는 거야.

군수 아이는 머뭇거리지 않고 당당하게 말했어.

"에, 오늘 판결을 제가 하겠십니더. '인욕어피'人慾於皮, 사람은 가죽을 욕심 낸 기고, '견욕어육'犬慾於肉, 개는 고기를 욕심을 냈으이, '피지여인'皮支興人, 가죽은 사람한테로 돌리 보내고, '육지여견'肉支興犬하라. 고기는 개 임재임자한테 주라." _진양군 정촌면

4-4 비단을 찾습니다

하동에 비단장수가 있었어. 이 고을 저 고을 다니면서 비단을 팔았지. 걷다 보니까 어쩐지 지게 짐이 가벼운 거야. 비단을 세어 보니 한 필이 부족했어. 그런데 뒤에 걸어오는 총각이 비단처럼 생긴 걸 들고 있었어.

"그거 내 비단 아닌교?"

"아이라."

"내 비단이랑 똑같이 생겼는데 내 비단 돌라."

"세상 비단이 다 당신 꺼요? 당신 거랑 모양만 비슷한 기다."

비단장수와 총각은 원님을 찾아갔어. 하지만 원님은 어느 쪽이 맞는지 알 수 없었지. 옆에 있던 원님의 아내가 말했지.

"아! 그른 거는 천하에 쉬운 일 아이요?"

"그게 우째 쉽단 말이고?"

"그 비단을 원님 앞에다가 딱 갖다 놓고, 각자 끌고 가라고 하면 됩니더."

원님은 영문을 모른 채 아내가 시키는 대로 했어. 원님이 각자 끌고 가라고 하자 총각은 비단을 있는 힘껏 잡아당겼지. 비단장수는 비단이 상할까 봐 조심스럽게 놓았다가 당겼다가 하더래. 원래 비단장수의 것을 총각이 훔친 거지. 원님은 현명한 아내 덕분에 쉽게 비단의 주인을 알 수 있었대._하동군 화개면

4-5. 망두석 재판

비단을 팔러 다니는 청년이 있었어. 하루는 비단을 지고 산을 넘다가 망두석望頭石: 무덤 앞이나 양쪽에 세우는 돌기둥 밑에서 잠깐 쉬기로 했어. 그러다 그만 깜빡 잠이 들었는데, 깨어나 보니 비단이 온데간데없는 거야. 청년은 고을 원님을 찾아가 사연을 말했지.

"허, 그기서 잘 직에 근방에 아무 사람도 없드나?"

"아무 사람도 없고 망두석 한 개 뿐이었습니더."

"그러모 그 망두석을 잡아 오니라."

망두석을 재판한다는 말에 마을 사람들이 모여들었어.

"바른 말을 할 때꺼정 망두석을 패라."

계속 때려도 아무 말이 없자 원님은 호통쳤어.

"이넘이! 네가 비단을 훔쳤지? 저눔이 안 아파가 그라나 본데 더 때리라."

망두석을 재판하는 원님을 보고 구경 온 마을 사람들이 웃기 시작했어.

"원님을 우습게 아나? 웃는 사람들 다 잡아 가둬라!"

옥에 갇힌 마을 사람들은 제발 꺼내 달라고 통사정을 했어. 그런데 원님은 비단을 한 필씩 바쳐야 풀어 준다는 거야. 온 동네가 비단을 구하러 다니느라 정신이 없었지. 사람들은 마침 산 너머 주막에 비단장수가 있어서 거기서 비단을 사서 원님에게 바쳤어. 원님은 주막의 비단장수를 잡아왔지. 알고 보니 그 비단장수는 청년이 망두석 아래에서 잠들었을 때 비단을 훔쳐 가서 주막집에서 다시 팔았던 거야. 망두석 재판을 한 원님의 기지로 청년이 비단을 모두 찾았다는 얘기지._울주군 두동면

4-6. 이 진사, 아랑의 원수를 갚다

옛날에 밀양부사로 부임한 윤씨 성을 가진 사람이 있었어. 이름
은 분명하게 전해 오지 않아. 윤씨가 밀양부사로 왔을 때 딸을
데리고 왔는데 이름이 동옥이었어. 동녘 동東 자에 구슬 옥玉 자.
동옥이는 어려서 모친을 여의고 유모 손에 자랐지. 윤 부사의 딸
동옥이가 바로 밀양서 유명한 아랑이야. 어느 날 4월 16일이 되
었어. 이때는 기망일既望日이라 남천강에 비친 달이 참 밝았지.
아랑이 방에서 부녀자들의 수양서라고 할 수 있는 『내훈』을 읽
고 있었는데, 불쑥 유모가 들어오더니,

"아씨, 이런 달 밝은 날에 우째 밤낮으로 책만 읽고 있어예?
어르신 허락을 받아 가지고 영남루에 올라가 달 구경 하문한 번
하면서 콧바람 쫌 쏘이는 게 어뜨겠습니꺼?" 하는 거야.

아랑도 괜찮겠다 싶어서 아버지에게 허락을 받고 달구경을
나왔지. 아랑이 영남루 능파각 쪽에 올라설 때였나? 갑자기 괴

한이 나타나더니 아랑을 겁탈하려 했어. 아랑은 정절을 지키려 저항했지. 괴한은 뜻대로 안 되니까 아랑을 놓아줄 수도 없고, 탄로 나면 자기 목숨이 위험할 것 같아서 엉겁결에 아랑을 죽이고 말았어. 시체는 주변 대나무 밭에 던져 놓았지. 알고 보니 괴한과 유모가 짜고 벌인 일이었는데 유모는 아랑이 죽은 후 이렇게 소문을 퍼뜨렸어.

'아랑 아씨가 얄궂구로 호랭이한테 잡히 갔다.'

아랑의 소식을 들은 윤 부사는 거의 기절할 지경이었어. 급히 나졸들을 풀어 아랑의 시체라도 찾아보려 했지만 찾을 수 없었어. 객지에 와서 외동딸에게 이런 일이 생기니 윤 부사는 화병이 생겨 관직에 있을 수 없었지. 결국 윤 부사는 벼슬을 버리고 고향으로 돌아갔어.

윤 부사가 고향으로 돌아간 뒤, 밀양엔 이상한 일이 생겼어. 새로운 부사들이 부임하는 날이면 그날로 죽어 나가는 거야. 한 명도 아니고 여러 사람이 연달아 죽으니까 밀양부사로 오겠다는 사람이 없어. 그렇다고 나라에서는 언제까지 밀양부사 자리를 비워 둘 수가 있나. 그러던 차에 이 진사라는 사람이 밀양부사 자리로 가겠다고 지원했어. 사실 이 진사는 집안도 별 볼일 없고 과거도 여러 차례 떨어지고 과객처럼 떠돌던 사람이야 그런 이 진사가 하루는 밀양 영남루에 올라 낮잠이 들었단 말이지.

꿈에 소복을 입은 한 처자가 피투성이가 돼서 나타났어. 처자는 말했어.

"오랜만에 원수를 갚아 줄 참 어른을 만나가 참 반갑습니더. 내 원수 쫌 갚아 주이소."

이 진사가 가만히 보니 꿈결인데도 너무 생생한 거야. 이 진사는 워낙 대담한 사람이라 마음을 가다듬고 처자에게 물었지.

"네가 사람이가? 귀신이가? 정체가 뭐꼬?"

"지는 윤모 부사의 딸인데, 기망일 밤에 유모를 따라가 달구경 나왔다가 죽어 가꼬 대밭 속에 그냥 마 버려져 있어예. 내 이 원수를 갚을라꼬 늘 새로 오시는 사또를 뵈옵고자 왔더랬는데, 모도가 기절로 해 가지고 돌아가시고, 마 여태꺼정 한을 몬 풀고 있어예. 그란데 오늘 참 어른 분을 만나게 되가꼬 이참에 말씀 드리는 깁니더. 지발 지 원수 쫌 갚아 주이소. 이 은혜는 잊지 않겠습니더."

"도대체 네 원수가 눈데?"

처자는 아무 말 없이 빨간 깃발을 흔들며 사라졌어.

꿈에서 깨어난 이 진사는 이상하다고 생각했어. 꿈은 꿈인데 그 처자가 자꾸만 생각나는 거야. 이 진사는 고심 끝에 '에라 마 마지막으로 과거나 하문^{한번} 볼 밖이 없다'며 과거 시험을 쳤어. 그런데 이번에는 과거에 급제했단 말이지. 이 진사는 과거에 급제하고 난 뒤에 생각했어.

'인자 내가 뭐 힘을 하나 얻었으니까, 모도 밀양부사를 안 한
다 칼 때 밀양부사에 자원해 볼 백이 없다.'

이 진사가 밀양부사에 지원하니 나라에서도 좋다고 하지. 다
들 밀양부사 자리는 피했으니까. 드디어 이 진사가 밀양부사로
부임하는 날이 되었어. 밀양에 도착해 하루를 무사히 지냈다 싶
었는데 다음 날 새벽이 되자 바깥이 무척 소란스러운 거야. 이
진사, 이제는 이 부사가 밖을 살펴보니 관속들이 전부 염할 준비
를 하고, 송장 치울 작정으로 들어오려고 하고 있거든. 이방들은
다른 부사들처럼 이 부사도 죽었을 거라 생각한 거지. 이 부사가
문을 열고 소리쳤어.

"이넘들! 무신 행패가 이런 기 있느냐?"

이 부사의 호통보다 이 부사가 살아 있다는 사실에 이방이며
모든 관속들이 놀라 기절할 지경이었어. 이 부사는 아랑곳하지
않고 바로 조회를 열어 이방들에게 명령했어.

"이방과 관속들의 명단을 전현직을 막론하고 모두 다 가져 오
이라."

이 부사가 예전부터 지금까지 일했던 관속들의 명단을 쭉 보
다가 끝 쪽에 주기朱旗라는 이름을 찾았어. 붉을 주朱 자에 깃발
기旗 자를 보니 갑자기 꿈속의 처자가 들고 있던 붉은 깃발 생각

이 나는 거야! 이 부사는 이방을 불렀어.

"이 사람 어데 있느냐?"

"그 사람 오래전에 그만두고 농사짓고 있습니더."

"그때 있던 유모는 어데 있나?"

"유모도 여어여기 살고 있습니더."

"당장, 두 연놈을 잡아 딜이라!"

얼마 되지 않아 주기와 유모가 이 부사 앞으로 끌려왔어. 이 부사가 말했지.

"이놈, 니가 진 죄를 아렷다! 바른 대로 고하렷다!"

주기는 범행을 부인했지만, 이 부사가 계속 추궁하니 말을 안 할 수가 있어야지. 지난 일을 전부 자백했어. 주기가 말한 자리에 가 보니 아랑의 시체가 그대로 썩지도 않고 칼이 꽂힌 채로 있는 거야. 이 부사가 칼을 뽑으니 그제야 뼈만 그 자리에 남았대. 뼈는 추려 좋은 곳을 구해 묻어 주고 제사를 지냈어. 주기와 유모는 극형에 처했지. 그후 밀양은 다시 평온을 되찾았다고 해.

_밀양군 밀양읍

4-7. 사신을 돌려보낸 떡보

어떤 사람이 떡을 참 좋아했대. 이 떡보가 얼마만큼 떡을 좋아했느냐면, 아침부터 저녁까지 전부 떡만 먹고 살 정도였대.

어느 날, 중국에서 연락이 왔는데 조선의 인재를 시험해 보기 위해 사신을 보내겠다는 거야. 조선은 전국 각지에 지원자를 뽑는다는 방을 붙여 놓았어. 떡보가 사는 동네에도 방이 붙었지. 동네 사람들이 수군거렸어. 한 사람이 떡보에게 말했어.

"요번에 중국에서 사신이 온다 카든데, 이거 몬 오도록 어떻게 몬 하나?"

"아이구, 내야 아무것도 모르는 사람인께 떡이나 실컷 묵고 올란다. 마, 내가 가겠다."

떡보는 나라에서 뽑는다고 하니까 떡을 실컷 먹을 수 있을 거라고만 생각했어. 운도 좋지. 전국에 지원자가 떡보 하나뿐라 나라에선 떡보가 원하는 대로 다 해주었대. 물론 떡보는 떡을 실컷 먹고 싶다고 했어. 떡보는 한 달은 떡을 먹으면서 지냈을 거야.

드디어 중국 사신이 올 때가 되어서 나라에선 떡보를 압록강으로 보냈어. 중국 사신이 막 도착해서 압록강을 넘어오고 있는데, 그 짧은 순간에 떡보는 또 떡이 먹고 싶었던 거야. 그래서 중국 사신이 건너오는 동안 옆에 보이는 떡 가게로 들어갔어. 네모난 떡이 얼마나 맛있어 보이던지 다섯 개나 사 먹고 다시 강가로 돌아왔어.

사신은 강가에 도착하자마자 문제를 냈어. 아무 말 없이 왼손 위에 오른손을 동그랗게 만들어서 얹어 놓는 거야. 떡보는 생각했어.

'내가 방금 떡을 네모난 걸 묵었그든. 둥그리한 게 아이라….'

떡보는 네모난 떡을 먹었단 의미로 손가락으로 네모를 만들어 보였어.

알고 보니, 중국 사신은 천리天理, 즉 하늘의 도를 아느냐고 물어본 거였어. 옛날엔 천원지방天圓地方이라고 '하늘은 둥글고 땅은 모나다'라고 했거든. 그래서 떡보에게 하늘은 둥글다는 표시로 손을 둥글게 만들어 보였더니 떡보가 네모난 표시를 해 보이는 거야. 사신은 생각했어.

'내가 천원天圓을 물었더니 저놈이 지방地方까지 알고 있네.'

사신은 놀라며 다음 문제를 냈어. 이번에도 아무 말도 없이 손가락 세 개만 펴 보였어. 떡보가 삼강오륜의 삼강을 아는지 시험해 보려고 하는 것이었지. 그런데 떡보는 사신이 계속 아까 먹은 떡에 대해 묻는 줄 알았어.

'아하, 아까는 동그리한 거 묵었냐고 하드만 이제는 몇 개 묵는지 묻는가 보네.'

떡보는 다섯 개 먹었다는 뜻으로 다섯 손가락을 모두 펴서 들어 보였어.

중국 사신은 또 한번 놀랐지.

"나는 삼강을 물었는데, 저놈을 보니 오륜을 벌써 알고 있네!"

그 뒤로 중국 사신은 더 이상 조선을 얕잡아 보지 않았대._밀양군 상남면

4-8. 도둑맞은 물건 찾아 주는 만송어른

옛날에 도둑놈이 가져간 물건을 잘 찾는 만송어른이란 분이 계셨어. 이 어른은 학식도 높아서 『주역』을 전부 외고 계셨지. 『주역』이 아무나 읽는 책이 아니거든. 동네 사람들은 도둑맞으면 모두 만송어른을 찾아갔어.

"그 도둑놈 쫌 잡아 주소."

"도둑놈 잡으믄 내가 맞아 죽는다. 차라리 내가 훔쳐 간 물건 찾아 주꾸마."

어느 날, 동네 아주머니가 제사를 지내려고 씻어 놓은 놋그릇을 몽땅 도둑맞았어. 놋그릇은 엄청나게 비쌌어. 그 집 남편이 만송어른을 찾아왔는데, 긴 담뱃대를 물고 왔어. 남편은 만송어른 방 앞에 긴 담뱃대를 세워 놓고 들어갔어.

"어르신, 사실 제 아내가 놋그릇을 이자삐리 가지고 놋그릇 쫌 찾아 돌라고 왔십니더."

만송어른은 아무 말도 안 하고 밖에 나오더니, 남편의 긴 담뱃대를 부러뜨려서는 마당에 던졌어.

"어른한테 부탁하러 오믄서 머슨 긴 담뱃대를 가꼬 오노? 안 가르쳐 준다."

쫓겨난 남편은 화가 나서 씩씩거리며 돌아오게 됐어. 놋그릇도 못 찾고 긴 담뱃대만 부러졌으니 화날 만도 하지. 그래도 담배는 피워야 해서 긴 담뱃대를 짧은 곰방대로 만들어서 불을 붙일 곳을 찾고 있었어. 마침 외딴집 하나가 보이는데 큰 솥을 내걸고 개장국을 끓이고 있더라고. 남편은 짧은 곰방대를 물고 허리를 숙여 모닥불에 불을 붙이려고 했어. 모닥불에 가까이 가 보니까 뒤켠 잿더미에 놋그릇이 숨겨져 있는 거야. 역시 만송어른 덕분에 놋그릇을 찾은 거지._밀양군 밀양읍

이번에는 한 동네 아주머니가 만송어른을 찾아왔어. 무엇을 잃어 버렸는고 하니 밥도 짓고 국도 끓이는 큰 솥을 잃어 버린 거야. 도둑이 솥을 가져가 버리는 바람에 아주머니네 가족은 밥도 못 먹고 있었지. 아주머니가 만송어른을 찾아가 말했어.

"어르신, 저희 집 솥을 이자뺐는데, 솥 쫌 찾아 돌라꼬 왔으예."

"솥 찾을라 카모 조개 다섯 되를 잡아 온나. 그라모 내가 그 대

가로 솥 찾아 주꾸마. 남천강 앞에 가 가지고 조개 닷 되를 잡아
온나."

아주머니는 동네 친구들을 불러 모았어. 그날로 아주머니와
친구들은 남천강 앞에서 조개를 찾기 시작했지. 그런데 생각보
다 남천강 앞에 조개가 많지 않은 거야. 다들 서서히 지쳐 가고
있을 때 한 아주머니가 뻘개흙에서 뭐가 걸린다는 거야. 아주머
니들이 다 같이 모여 캐 보았어. 한참을 파 보니 솥이 떡하니 뻘
안에 들어 있네! 도둑이 솥을 훔쳐다가 뻘에 던져 둔 거였어. 만
송어른은 도둑이 솥을 뻘 안에 둔 걸 알고 조개를 캐 오라고 했
던 거였지._밀양군 밀양읍

5부

효를 돈으로 한답니까

5-1. 효자 신씨와 호랑이

밀양 무안면에 서가정이라고 하는 동네가 있거든, 그 동네에 평산 신씨申氏가 살았는데 참 효성이 지극했대. 옛날 효자들은 부모가 돌아가신 후에 산에 들어가서 묘 옆에서 꼼짝없이 3년 동안 시묘살이를 했어. 부모님 묘 옆에서 움막을 짓고 사는 걸 시묘살이라고 해. 신씨도 마찬가지였지. 신씨가 시묘살이를 하던 곳은 너무나 깊고 험한 산골이었어.

산 깊은 곳엔 호랑이가 많이 살았지. 그러던 어느 날 정말로 호랑이가 찾아왔어. 참 신기하기도 하지. 매일같이 호랑이가 오는 거야. 결국 신씨와 호랑이는 친구가 되었지. 호랑이도 사람을 안 무서워하고 신씨도 호랑이를 안 무서워했어. 그렇게 재밌게 지내고 있었는데 어느 날부턴가 호랑이가 나타나지 않았어. 신씨는 호랑이가 왜 안 오나 궁금해하고 있었는데, 그날 밤 꿈에 호랑이가 나타나서 말했어.

"내가 지금 양산 표충사 뒷산에서 고마 덫에 걸려 죽게 생깄다. 빨리 와서 내 쫌 살려 주이소."

험한 산엔 호랑이를 잡으려는 사람들이 놓은 덫이 여기저기 많았어. 양산까지는 한 이백 리도 넘는 길이지만 신씨는 일단 호랑이가 알려준 곳으로 출발했어. 그때가 한밤중이었는데도 말이지.

시간은 흘러 아침이 밝아 오고 있었어. 일꾼들이 나무를 하기 위해 하나둘 산에 오르기 시작했지. 그랬더니 호랑이 한 마리가 덫에 걸려 있는 거야.

"여어, 호랑이 잡힜다!"

하지만 호랑이가 보통 영물이 아니라 웬만한 사람은 호랑이 가까이 갈 수조차 없었어. 호랑이를 발견한 일꾼은 다른 사람들이 나타날 때까지 기다리기로 했어. 때마침 신씨가 도착했어.

"그 호랑이는 내 호랑이니끼네, 아무도 손대지 마라."

호랑이에 임자가 있다니, 말도 안 되는 얘기지. 일꾼은 신씨의 말을 무시하고 나중에 온 사람들과 호랑이를 잡으러 올라갔어. 하지만 워낙 큰 호랑이가 사납게 울부짖으니까 일꾼들은 범접할 수가 없었어. 그때 신씨가 호랑이 앞에 가서 친구한테 하듯이 나직하게 말했어.

"아이고, 니가 참 욕봤데이."

신씨가 가니까 호랑이가 얌전히 있는 거야. 그래서 모두가 이상하게 여기고 어차피 호랑이를 잡을 수도 없으니 덫을 풀어 주었어.

덫에서 풀린 호랑이는 한쪽 다리를 절뚝거리면서 산 정상으로 올라갔어. 신씨도 따라 올라갔지. 따라 올라가 보니 이 호랑이가 자기 등에 올라타라는 거야. 신씨는 망설였지만 호랑이가 넙죽 엎드리면서 자꾸만 등에 업히라고 하니 결국엔 업혔어. 이백 리나 걸어갔던 길이지만 호랑이 등에 업히니 산을 순식간에 돌아 자기 부모의 묘가 있는 데까지 왔대.

그후에도 신씨와 호랑이는 친구 삼아 잘 살았대. 사람하고 호랑이가 친구가 됐다는 참 희한한 이야기지._밀양군 밀양읍

5-2. 한양 효자와 밀양 효자

옛날 한양에서 자기가 조선 최고의 효자라고 자부하는 사람이 있었어. 그 효자는 전국 각지에서 나는 맛있는 것은 전부 구해다가 노모께 갖다 드리고, 따뜻하니 좋은 집에서 마치 금 방석에 앉아 계신 것처럼 노모를 모셨대. 그런데 밀양 땅에 자기보다 더한 효자가 있다는 소문을 들은 거야.

'내가 우리나라에서 최고 효자란 소리를 듣고 있는데, 나보다 더 지극한 효자가 있다니. 내가 직접 가서 확인하는 수밖에.'

그래서 한양 효자는 밀양 효자의 집을 찾아 나섰어. 그런데 그 집에 턱 들어가니까 밀양 효자는 없고 노모만 계신 거야.

"이 집이 밀양 효자 아무개씨 댁입니까?"

"야."

"제가 아드님을 만나러 왔습니다."

"쪼매 기다려야 됩니더. 산에 나무하러 갔는데, 점심때가 다

됐으이 쫌만 있으면 점심 무러 올 낍니더."

어느덧 점심때가 되자, 밀양 효자가 나무를 한 짐이나 해왔어. 그런데 오자마자 마당에 나무를 다 부어만 놓고는 바로 점심을 먹으러 들어가는 거야. 그 나무는 허리 굽은 노모가 손수 정리를 하고 말이야. 한양 효자가 가만히 보니까 이상하더란 말이지.

'저것이 어째서 효자가 되느냐 말이야. 나무해 온 거를 자기 손으로 정리하기를 하나, 어째서 허리 굽은 노모를 시키느냐 말이지.'

한양 효자는 참 어이가 없는 거야.

막 점심을 먹고 나온 밀양 효자가 한양 효자와 통성명을 하게 됐어.

"내가 한양에서 효자로 유명한 사람인데 밀양에 효자가 있다고 해서 찾아왔습니다. 이제 보니 당신은 부모를 제대로 봉양하지 않는군요. 저렇게 일하시다가 병이라도 나시면 어쩌려고 하십니까?"

"참, 모르는 소리하네예. 내가 하고 있는 기 진짜 효도라."

"그럼, 당신이 생각하는 효도라는 것이 무엇입니까?"

"효도? 밸 거 없다. 어무이 하시고 싶은 대로 나뚜는 거 그기 효도라. 어무이가 일하고 싶어 하시모 일하게 해드리고, 놀고 싶으면 놀고 싶은 대로, 부모 마음 편케 해드리는 기 그기 효자지!

효를 머 돈으로 하나?"

　한양 효자는 고개를 끄덕이며 밀양 효자를 최고 효자라고 인
정할 수밖에 없었대.＿밀양군 밀양읍

5-3. 한여름의 홍시

의령에 홀어머니를 모시고 사는 효자가 살았어. 어머니가 깊은 병이 들었는데, 효자가 온갖 약을 다 써 보아도 별 효험이 없었지. 그러던 어느 날, 어머님이 홍시가 드시고 싶다고 하시는 거야. 때는 한여름인데 말야. 그래도 효자는 전국을 다니면서 홍시를 찾았어. 그런데 하늘도 무심치, 어느 날 저녁, 효자 앞에 난데없이 커다란 호랑이가 나타난 거야. 효자는 호랑이에게 하소연을 하기 시작했어.

"호랑아, 우리 어무이가 마이 편찮으시다. 홍시가 자시고 싶다는데 내 한 개도 못 찾겠다. 우짜면 좋노?"

호랑이가 효자의 말을 알아들었는지, 꼬리로 자기 등허리를 계속 두드렸어. 마치 올라타라고 하는 것처럼 말이야. 효자가 호랑이 등에 올라타자 호랑이는 한참을 달렸어. 그러고는 불이 환하게 켜진 큰 대문 앞에 효자를 내려 주고 어디론가 사라졌어.

효자는 할 수 없이 그 집 문을 두드렸어.

"지나가는 길손입니더. 오늘 하루만 재아^재워 주이소."

그렇게 하룻밤을 묵고 다음 날 아침이 됐는데, 여주인이 내온 아침상에 홍시가 있는 거야. 효자는 꿈인 듯하여 홍시를 품에 넣었어.

"우리 어무이가 너무 아파가 오만 약을 다 썼는데 낫지를 않십니더. 근데 어무이가 홍시를 자시고 싶어 해가 내가 지금 오만 데를 다 다니고 있는데, 이기서 홍시를 보네예. 우째 이 더분 날에 홍시가 있습니꺼?"

"어제가 저희 남편 제삿날이었어예. 생전에 홍시를 하도 좋아해가 내가 깊은 데 움을 파 홍시를 저장해 둔다 아입니꺼. 올해도 신령님이 도와주셔가 홍시를 제사상에 올릴 수 있었습니더. 남은 것이 있으니 가져가 어무이께 드리시소."

주인에게 연신 절을 하고 홍시를 가지고 나와 보니 글쎄 어제 그 호랑이가 문밖에서 기다리고 있는 거야. 그래서 호랑이 등에 올라타니 순식간에 자기 집 문 앞에 데려다 놓더래. 효자가 가져온 홍시를 드신 어머님은 기운을 차리셨지. 효자의 마음을 하늘이 알고 호랑이까지 안 것이지._거창군 북상면

5-4. 남편 효자로 만들기

옛날 거창에 아들 내외가 나이 많은 아버지를 봉양하며 살았어. 그러던 어느 날, 노인이 옆동네로 문상을 가야 하는데 돈이 없는 거야. 노인은 아들한테 가서 말했어.

"야야, 오늘은 내가 오데어디 문상을 쫌 가야 되는데 천상 돈이 한 개도 없다. 내 돈 쪼매만 도쳐."

"아부지예, 내가 무신 돈이 있습니꺼? 문상을 머하러 댕기 싸는데예."

이렇게 말하면서 문을 쾅 닫고 나가 버렸단 말이야. 물론 돈은 주지도 않았지. 노인은 초상집에 가고 싶은데 돈이 없어 가지도 못하고 집에만 있었어. 그런데 갑자기 며느리가 방으로 들어오더니 시아버지 손에 돈을 쥐어 주는 거야.

"아버님예, 돈 여기 있습니더. 어서, 댕기 오시소."

노인은 며느리가 준 돈으로 무사히 초상집에 갈 수 있었어.

시아버지를 초상집에 보내고 집에 있던 며느리는 곰곰이 생각해 봤어. 아무리 자기 남편이라고 하지만 아버님에게 한 짓을 생각해 보니 괘씸했던 거야. 며느리는 결심했어.

'이런 남편하고는 더 이상 장래가 없다. 진즉에 마 때리치아 삐야겠다.'

그날로 며느리는 짐을 한 보따리 싸 놓고 남편이 올 때까지 기다렸어. 남편이 일을 마치고 돌아오자 며느리가 말했어.

"당신인자, 오늘 내하고 마 고만 삽시더."

"머라카노? 문 소리고?"

"당신이 아침에 아버님이 오데 간다꼬 용돈 돌라 카는데 당신 돈 디릿소, 안 디릿소? 당신 겉은 사람하고 이래 살다가는 자석 자석 놓으모 그 자석이 결국 당신 뽄을 뜰 낀데 우리가 나이 들모 누구를 의존하겠노, 응?

그러이까 자석 놓기 전에 내는 또 내대로 참 배필을 만나가고 자석을 낳아야만이 내가 나중에 편할 성 싶으이끼니 내 막지 마소. 오늘 갈라서입시더."

남편은 아내의 말을 듣고 보니 자기가 뭘 잘못했는지 알게 되었어. 그리고 아내와 생이별할 생각하니 도저히 안 되겠더라고. 그래서 남편은 다음부터는 절대 다시 안 그럴 테니 용서해 달라고 빌었어. 앞으로 돈을 벌어 오면 아버지한테 전부 맡기고 자기는 용돈을 받아쓰면서 살겠다고 했지. 친자식보다 며느리가 어찌나 더 효성이 깊은지, 누가 더 효도를 잘할지는 두고 볼 일이야. _거창군 위천면

5-5. 자식을 내준 효부

어느 날, 건넛마을에 환갑잔치가 있었어. 시아버지도 잔치에 가
신다며 아침 일찍 길을 나섰지. 며느리는 아이를 업고 잘 다녀오
시라며 배웅을 나갔어. 그런데 밤늦도록 시아버지가 안 들어오
시는 거야. 집에 있던 며느리는 시아버지가 걱정되었어. 한 동네
사는 다른 노인들은 하나둘 집에 오셨다는데, 자기 시아버지만
여태 오시질 않는 거지. 며느리는 함께 갔던 옆집 노인을 찾아
갔어.

"할아버님예, 저희 시아부지는 같이 안 오있능교?"

"아이고, 마 같이 오자 카이 짠닥밭 재에 술이 억수로 돼가 그
카는데 우리가 마 못 끌고 왔다."

며느리는 자기가 시아버지를 직접 모시고 와야겠다 싶어서
아이를 업고 시아버지를 찾으러 갔어. 때마침 남편은 멀리 장에
있던지라 며느리가 아버지를 모시러 갈 수밖에 없었지. 며느리

는 겨우 시아버지가 있는 곳을 찾아냈어. 시아버지는 아직 술에 취해 잔디밭 한쪽 숲 밑에 누워 계셨던 거야. 그때 별안간 호랑이가 시아버지 앞으로 나타났어. 호랑이가 노인을 잡아먹으려는 찰나, 며느리가 호랑이에게 달려가 말했어.

"호랑아, 호랑아! 부모는 한 번 가모 없고 얼라는 또 놓으면 되는데, 마, 이거 잡아묵고 우리 시아부지는 내가 업고 갈란다."

호랑이가 알아들었는지 꾸벅꾸벅하거든. 며느리는 아이를 땅에 내려놓고 대신 술에 취한 시아버지를 업었어. 호랑이는 우는 아이를 물어 갔지. 며느리는 집에 도착해서 시아버지를 눕혀 놓고 자기 방으로 들어갔어. 방에 와 보니 장에 갔던 남편이 와 있는 거야. 남편이 물었어.

"아는 우옜노?"

"하이고, 아부님이 환갑잔치에 가셨다 안 와가 내 물어본께네, 질길에서 주무신다 카대. 그래가 아부님을 찾아 업어 올라 캤는데 호랭이가 잡아물라 캐서 아는 내주고 내가 아부님을 업고 왔다 아이가."

남편도 아내의 말을 듣더니 할 말이 없거든. 아이도 첫째 아이여서 부부가 더욱 귀여워했지만 아버지를 살리려면 어쩔 수 없었지. 이제 부부는 아이 생각을 하지 않기로 했어. 그런데 갑자기 대문 쪽에서 무슨 소리가 들리는 거야.

'뜨거럭 뜨거럭.'

　그러더니 이어서 아이 우는 소리가 들리더라고. 부부가 나가 보니 아이가 마당에 놓여 있었어. 남편이 다급히 대문으로 나가 보니 호랑이의 꼬리만 보일 뿐이었지. 호랑이가 며느리의 효성에 감복하여 아이를 해치지 않고 되돌려 준 거야. _의령군 지정면

5-6. 타고난 효자와 효부

거창에 한 노인이 살았는데 아들은 없고 딸만 세 명을 낳아서 키웠어. 재산은 많았지만 아내도 죽고 아들도 없어서 무척 적적했어. 딸들을 시집보낸 뒤에 가난한 친척집 아들을 양자로 들였어. 그러던 어느 날 큰딸이 찾아와 말했어.

"지가 아부지를 모실께예."

노인은 논 문서와 쌀 100석을 가지고 큰딸네 집으로 갔지. 딸은 처음엔 노인을 지극정성으로 봉양하더니 쌀이 떨어져 갈수록 노인을 천대했어. 노인은 다시 둘째딸네로 갔지. 둘째딸도 처음 몇 년간은 잘 모시더니 가져간 재산이 다 떨어져 가니까 큰딸처럼 함부로 하더래. 마지막으로 막내딸 집에 갔지만 막내딸도 언니들과 마찬가지였지. 딸들에게 구박받은 노인은 재산도 없이 양자 아들을 찾아갔어. 동네 어귀에서 물을 길으러 가던 며느리를 보았지. 며느리는 거지꼴이 된 시아버지를 보더니 울면서 말했어.

"아부지예, 와 인제 오십니꺼?"

노인은 양자 아들과 며느리의 봉양을 받으며 편안하게 노후를 보냈다고 해. 효자는 타고난다는데 노인의 양자 아들과 며느리가 타고난 효자 효부였던 거야._거창군 북상면

5-7. 효자와 황금덩어리

옛날 김해에 효자 효부가 살고 있었어. 어려운 살림이지만 시부모 밥상에 정성껏 음식을 차려서 봉양했지. 그런데 시아버지는 다섯 살짜리 손자에게 좋은 음식을 챙겨 먹이는 거야. 손자는 할아버지와 겸상을 하거든. 효자, 효부는 진지를 제대로 못 드시는 아버지가 걱정되었어.

"살날이 얼매 안 남은 아부님이 음식도 제대로 몬 자시니 우야면 좋겠노?"

"아아는 또 낳아서 키우면 되니까 아아를 딴 데 맡깁시더."

부부가 아이를 데리고 산을 넘어가는데, 돌부리에 걸려 넘어지고 말았어. 자세히 보니 돌인 줄 알았던 것이 커다란 황금덩어리였던 거야. 효자 효부는 아이를 데리고 다시 집으로 돌아와 걱정 없이 아버님을 봉양하고 살았대. 옛날부터 효자 효부는 하늘이 돕는다고 해._김해군 이북면

5-8. 아부지, 지게 가져가이소!

먹고살기 힘들었던 옛날, 고려장이라는 풍습이 있었어. 부모님의 나이가 일흔이 넘으면 산속에 버리고 오는 거야. 먹는 입을 하나라도 줄이려고 말이야.

하동에 어머니가 70이 넘어 고려장을 해야 하는 사람이 있었어. 어느 날 새벽, 이 사람이 어머니를 지게에 태우고 집을 나서는데, 어머니와 같이 자던 아들이 잠이 깼어. 아들은 아버지가 할머니를 지게에 지고 문을 나서는 걸 보고 몰래 아버지 뒤를 밟기 시작했어. 그것도 모르고 이 사람은 산에 올라 골짜기 구덩이에 어머니를 내려놓았지.

그러고는 경황이 없어 들고 갔던 지게도 두고 내려오는데, 갑자기 어디선가 아들이 나타난 거야.

"아부지예, 아부지예. 와 할매를 여다 데려다 놔예? 지게는 또 와 안 챙겨 갑니꺼? 지게 가져가이소. 지도 언젠가는 아부지를 지고 여다 데꼬 와야겠네예."

사내는 그 길로 되돌아가 어머니를 업고 돌아왔어. 이후로 사
람들은 점차 고려장을 지내지 않았다고 해. _ 김해군 진례면

5-9. 불효자의 아버지

옛날에 경남 진양군수가 큰 강 옆을 지나가고 있는데 강둑에서 노인하고 젊은 청년이 자꾸 강둑을 왔다 갔다 하는 거야. 군수가 다가가서 물었어.

"무슨 일이고?"

젊은이는 아예 거들떠보지도 않고 노인이 다가와서 말을 하는데,

"딴 기 아이고, 이 자석이 사는 것도 변변치 않은데, 내가 나이는 많아가 아무 일도 몬 거들고…, 그래 물에 빠져 죽을라꼬 왔더니만, 우짜든지 이 자석이 몬 빠지 죽구로^{죽게} 자꾸 붙잡는다 아입니꺼."

"그래서야 되겠나. 아무리 어려버도 자식이 죽 무우면^{먹으면} 자기도 죽 자시고, 자식이 밥 무우면 자기도 밥 자시고…, 그래 살다 지나는 기지, 자석 가슴에 철못을 박으믄 되겠습니꺼?"

사실 아들은 아버지를 미워했어. 그날은 아버지에게 멀리 좋은 곳에 가자고 하고는 아버질 물에 빠뜨려 죽일 작정이었어. 하지만 아버지는 아들이 자기를 죽이려고 한다는 걸 진작에 알고 있었지. 그런데도 아버지는 이렇게 생각했어.

'내가 자석한테 후두끼^{쫓겨서} 못에 빠지모 자석 장래가 우째 되겠노?'

자식이 아버지를 죽이면 불효죄로 바로 사형에 처해지는 시대였어. 그래서 아버지가 자식을 죄인 만들지 않기 위해서 그렇게 안 죽으려고 강둑을 뛰어다녔던 거야. 아들은 효도는커녕 아버지를 죽이려 했는데 말이야. 아버지가 아들을 생각하는 마음이 더 대단하지? _진양군 수곡면

5-10. 얼떨결에 효부가 된 며느리

옛날 어떤 노인이 아내도 죽고 아들도 죽어서 며느리와 둘이서만 살게 된 거야. 그런데 아들이 죽자마자 며느리가 갑자기 변한 거라. 참하던 며느리가 밥도 잘 안 해주고 시아버지를 막 대했지. 시아버지는 자기 아들이 죽어서 며느리가 힘든가 보다 하고 참으며 지내고 있었어.

어느 날, 개울 건너에 사는 친구가 환갑잔치를 한다며 노인에게 놀러 오라고 했어. 노인은 며느리에게 말했지.

"아가야, 내 아들이 입던 의복을 주몬 갈아입고, 잔칫집에 놀러 갈란다."

"이래 바쁜 한가을에 놀로는 무슨 놀럽니꺼? 일이 바빠가 몬 가예, 몬 가십니더."

노인은 허름한 옷밖에 없는 반면 아들의 옷은 그래도 괜찮은 게 있었지. 하지만 며느리가 아들 옷은 안 된다고 하니 노인은 며느리가 빨래하러 간 틈에 방으로 들어가 새옷을 입고 나갔어. 새옷을 입고 환갑잔치에 가는데 마침 빨래하던 며느리가 시아버지를 보았어. 아니나 다를까 시아버지가 자기 남편 옷을 입은 거야.

"아이고, 아바님! 그 옷은 안 되니더."

며느리는 빨래하다 말고 그 길로 시아버지를 따라갔어. 빨랫방망이까지 그대로 들고 말이야. 시아버지는 빠른 걸음으로 내빼서 무사히 잔칫집에 도착했지. 시아버지가 잔칫집 안으로 들어가 버렸으니 별 수가 있나? 며느리는 빨랫방망이를 들고 담장 밖에서 지켜볼 수밖에 없었어.

한편 시아버지는 잘 차려진 음식을 먹고 있었어. 환갑잔치니 먹을 것도 많았겠지. 다 먹고 나자 심부름하는 아이를 불러 이렇게 말했어.

"야야, 저 뱁상^{밥상} 하나 더 가꼬 온나. 며늘아가 쫌 주야겠다."

"며느리가 오데 계십니꺼?"

노인이 담장 위를 가리키자 어떤 여자가 방망이를 들고 빼꼼 내다보고 있는 거야. 노인은 말했어.

"저가 내 며느리다."

"우예 이까지 따라왔노?"

"내가 요즘 다리가 부대끼가^{힘겨워서} 혼자 몬 나오고, 우리 며느리가 날로 여꺼지 뫼셔다 놨는데, 내가 나갈라 카모 며느리가 낼로 업어다 남 집 앞꺼정 데브다 준다. 그래 와가 지금 여어 안 있나."

잔칫집에 있던 사람들은 노인의 이야기를 듣고 며느리를 안으로 들이라고 했어. 며느리는 순식간에 효성 지극한 며느리가 되었지. 며느리가 자리에 앉아 밥을 다 먹을 때까지 주변 사람들의 칭찬이 계속되었어. 이제 집으로 갈 때가 되자 며느리는 어쩔 수 없이 시아버지를 업고 가야 했지. 시아버지를 업고 돌아오면서 며느리는 깨달았어. 시아버지가 이렇게 자기를 생각해 주니 시아버지에게 좀더 잘해야겠다고 말이야. _울주군 두동면

6부

혼인하기 참 어렵다

6-1. 진짜 거짓말

거창 어느 마을에 실없는 영감이 살았는데, 딸이 엄청나게 미인
이었어. 이 사람이 얼마나 실없는 사람인가 하면, 누구라도 거짓
말 잘하는 사람 있으면 사위를 삼겠다는 거야. 그래도 여기저기
서 정신없는 사람들이 몰려와서 영감한테 이 얘기 저 얘기를 해.
그러면 이게 또 가관이야. 이 영감이 거짓말을 하러 온 사람이
거짓말을 못하면 한 푼, 두 푼씩 벌금을 받는 거야. 그러니까 이
영감은 이야기하러 온 사람이 아무리 그럴듯하게 거짓말을 잘
해도, 다 거짓말이 아니라고 하는 거지.

그러던 어느 날 멀쩡하게 생긴 총각이 찾아왔어. 이번에도 영
감이 말했지.

"어 와서 얘기해 보그라."

그랬더니 그 총각이 묻는 거야.

"이기는 농사를 우째 짓소?"

"농사를 우째 짓긴? 논에 못자리해서 심지."

"밭농사는?"

"밭농사도 봄엔 콩 심고 여름 되면 김매제."

"여름에 김맬 때 더우면 우짜능교?"

"더우면 우짜긴. 그늘에 나가 쉬면서 하제."

그랬더니 그 멀쩡하게 생긴 총각이 이렇게 말하는 거야.

"아이고, 그늘에 나가 쉬면서 우째 김을 매노? 우리 동네에선 그래 안 한다. 우리는 우리 아부지가 실을 여러 뭉탱이를 사 와 가꼬, 줄 한 가닥은 북산에 치고, 한 가닥은 남산에 치고, 한 가닥은 서산에 치고, 한 가닥은 동산에 쳐 놓으모 시원한 바람이 알아서 줄에 갖다 걸리요. 나중에는 그 바람 든 실을 걷어 가꼬 한 발 쯤 끊어가 몸에 걸치 놓으모 몸이 시원해지니께 더울 때 그늘에 갈 필요가 없다. 그래가 그 소문을 듣고 바람 실 사러 오는 사람이 을매나 많은지 실을 한 가닥씩 끊어 파니까 돈 벌이가 아주 심심치 않다.

그런데 하루는 여 동네 사람이 외상으로 마이 가져가드만 아직까지 돈을 안 갚네. 오늘 와 보이 바로 당신이구만. 빨리 외상값을 주이소."

실없는 영감은 이제 큰일났어. 총각의 말이 거짓말이면 자기 딸을 줘야 되고, 참말이면 꼼짝없이 엄청난 돈을 주게 생긴 거지. 욕심쟁이 영감이 실없는 짓을 하다가 딸을 주게 생겨 버렸네. 결국 그 영감은 총각의 말을 거짓말이라 하고 딸을 줬대. 이 총각은 거짓말을 잘해서 예쁜 아내도 얻고 부잣집 사위가 되었더래._거창군 마리면

6-2. 머슴 장가보내기

한 집에 작은 머슴과 큰 머슴이 살았대. 그중에 큰 머슴이 나이가 많았는데, 아직 장가를 못가고 있었어. 작은 머슴이 보기에도 그런 큰 머슴이 안타까웠지.

어느 날 작은 머슴이 큰 머슴에게 물었어.

"행님, 장개 안 가고 싶은교?"

"장개야 가고 싶제. 그란데 뭐 우리처럼 남의집살이하고 집 없는 사람한테 누가 처녀를 줄라 카나?"

"마 그랄 거 없이 내 말만 들으소."

"우짜믄 되노?"

"아이구, 여러 말할 거 없구마. 뭐든지 하이튼 내 시키는 대로만 하소."

"응, 그래."

"그 아무 댁이 과부 아인교? 살림도 부자 아인교? 그 아주머이가 새벽에 물 이러길러 나옵니더. 물 이러 나와가 방에 다시 안 들어갑니더. 그 길로 밥을 합니더. 하이끼네, 물 이러 나온 여게 사이에 방에 들어가 가꼬 마 이불 덮어 쓰고 눕어누워 있으소. 그라머 됩니더."

"그라지."

새벽이 되자 큰 머슴은 작은 머슴이 시키는 대로 과붓집을 찾아갔어. 그랬더니 작은 머슴 말대로 물 길러 나간 흔적이 있는 거야. 큰 머슴은 살짝 열린 문으로 들어가서 이불을 덮어 쓰고 누웠어. 과부는 무슨 일이 있어났는지도 모르고 물을 뜨고 있었지. 그때, 집 담장 너머로 작은 머슴의 목소리가 들려왔어.

"행님, 자는교? 자는교?"

작은 머슴은 거의 고함을 지르다시피 큰 머슴을 불렀어. 큰 머슴은 막 잠에서 깬 듯이 나왔단 말이지. 과부가 돌아와 보니까 자기 방에서 사람이 한 명 나오거든. 과부는 이상하게 생각했지만 처음 있는 일이라 그냥 내버려 두었어.

작은 머슴이 큰 머슴에게 말했어.

"닐내일 아침에 또 가이소."

다음 날 아침이 되자 큰 머슴은 또 과부의 집으로 찾아갔어. 이번에도 이불을 덮어 쓰고 가만히 누워 있었지. 그랬더니 작은 머슴이 또 고함을 질렀어.

"아이, 행님! 무슨 잠을 그래 늦도록 자는교? 고마 일나서 일하러 갑시더."

작은 머슴이 동네가 떠나가라 고함을 지르니 어디 소문이 안날리 있겠어? 이웃 사람들은 수군거리기 시작했어. 이웃 사람들이 어떻게 생각하든 작은 머슴은 큰 머슴보고 다음 날에도 과붓집에 찾아가라고 했어. 큰 머슴이 또 과붓집 방에 들어가 있으니 작은 머슴이 소리치며 큰 머슴을 불렀어.

"아이, 행님! 시상에 무신 잠을 그래 늦게꺼정 자는교? 오늘 일찍이 가자 캐 놓고. 시상에 얼마나 사랑이 짚으길래^{깊기에} 저래 저 늦도록 안고 눕었는교? 고마 일나소!"

과부가 볼 때 큰 머슴과 작은 머슴이 그만둘 것 같지도 않고, 동네 사람들한테 소문도 이미 다 나고, 달리 피해 갈 방법이 없거든. 그래서 결국 어쩔 수 없이 큰 머슴과 살게 되었다는 이야기야._밀양군 밀양읍

6-3. 네가 밀양 박 서방

밀양 초동면에 가면 박씨가 많이 사는데, 그중 한 사내가 안동으로 장가를 가게 되었어. 지금 같으면 차나 기차를 타고 금방 갈 수 있지만 예전에는 말 타고, 가마 타고 가야 해서 몇날 며칠이 걸렸지. 박씨 사내는 아버지와 함께 신붓집으로 출발했어. 혼례는 다음 날이라 근처 주막에서 하루 자고 가기로 했지. 사내와 아버지가 주막에 막 도착해서 짐을 풀고 있는데, 어떤 사람이 문을 두드리며 들어왔어.

"이 행차가 밀양서 오신 행찹니꺼?"

"맞다."

"이기 편지 전하랍니다."

박씨 사내가 편지를 보니 퇴혼 편지인 거야. 수백 리 넘는 길을 장가가려고 왔는데, 바로 혼인 전날 퇴혼을 당하니까 너무 당황스럽고 부끄러운 거야. 박씨 사내는 아버지께 말했어.

"여꺼정 와가 퇴혼당하모 돌아가야지예. 우짜겠습니꺼? 그래도 수백 리 타도에 장개와 가지고, 부자가 이래 한꺼번에 돌아가모 동네 사람들 보기 참 체면상 모양이 같잖으이께, 아버님 먼저 가시소. 내는 저 하인 하나 더불고 여꺼정 온 짐에 한양 구경이나 하고 천천히 가겠십니더."

아버지가 보기에도 부자가 따로 돌아가는 것이 나을 것 같았어. 그래서 아버지는 곧장 집으로 가고 사내는 한양 구경을 하고 가기로 했지. 사내는 영리한 하인 한 명을 데리고 가기로 했어.

그리고 다음 날, 사내는 하인을 데리고 한양이 아니라 원래 혼례를 치르기로 한 집에 찾아갔어. 그 집 입구에 도착해서 살펴보니 오늘이 혼렛날이라고 하면서 사람이 많이 모여 있는 거야. 사내는 하인에게 당부했어.

"오늘 니는, 내 시키는 대로 억수로 영리하게 해야 된다."

사내는 하인에게 밖에서 기다리라고 하고 자기는 사랑방에 들어갔어. 들어가 보니 새신랑과 몇몇 손님이 술을 마시고 있는 거야. 사내가 물었어.

"주인이 누구십니꺼?"

"내다."

"저는 저 밀양에 사는 박 아무갠데, 오늘 내 친구가 이 댁에 장개온다 카는데예. 내가 요전에 한양 간다고 하이께네, '이 사람아, 자네 한양 갔다올 때에 회로回路에 내 초행날 맞춰 가지고 꼭 들어오게.' 안 합니꺼. 그래가 오늘 와 보이게, 신랑이 내하고 친한 그 친구 신랑이 아이고 다른 사람인데, 웬일입니껴?"

새신랑이 머뭇거리니까 옆에 있던 손님이 말했어.

"그 신랑이랑은 퇴혼했지예? 퇴혼 잘했심더. 그 신랑이 병신입니더, 병신."

그러더니 옆에 있던 노인도 거들었어.

"주인 보시소. 내 말 듣기 참 잘했제. 큰일날 뻔 안 했나?"

밀양 사내는 저 노인이 중매쟁이란 걸 알았어. 사내는 아무렇지 않은 척하며 신랑과 함께 술을 한두 잔 마셨어. 술이 어느 정도 들어갔을 즈음 사내가 벌떡 일어나 말했어.

"아나! 질요강길요강 들여라."

길요강은 먼 길 가면서 가지고 다니던 요강을 말해. 문밖에서 기다리던 하인이 요강을 가지고 와 방 안에 놓았어. 사내는 바지춤을 턱 내리더니 그 사람 많은 데서 콸콸콸콸 오줌을 누는 거야. 소변을 다 보고 나선 사내가 말했지.

"내가 오늘 퇴혼 맞은 밀양 박 서방입니다."

사내가 소변을 본 건 자신이 병신이 아니라는 걸 입증하려는 거였어. 갑자기 바지를 내리고 오줌을 누자 집안이 웅성웅성해졌지. 혼례에 온 수백 명의 손님들이 말했어.

"야야! 밀양 저 퇴혼 맞은 박 서방이 얼굴도 잘났고, 참 똑똑코, 분명하고, 병신도 아이다."

손님들이 밀양 박 서방이 훨씬 낫다는 이야기를 하니 옆방에 있던 각시도 그 소리를 듣게 되었어. 밀양 사내는 조금도 물러서질 않았어.

"내는 병신이라꼬 안동꺼정 소문이 났으이께, 이제 다른 데는 장개갈 데가 없고, 이기밖에는 없으이께 저 신랑하고 손님하고 다 되돌리소. 저 신랑은 이 집이 아이라도 장개갈 데가 있고, 나는 병신 소문이 버여^{벌써} 났으이 이 집이 아니면 장개갈 데가 없으이께 돌아가시오."

각시가 방 안에 있다가 나왔는데 실제로 밀양 박 서방을 보니 지금 혼례 치를 신랑보다 훨씬 괜찮은 거야. 그래서 각시는 원래대로 밀양 박 서방과 결혼하게 해달라고 했어. 각시의 아버지는 밀양 박 서방에게 미안하기도 하고, 딱히 할 말이 없어서 그러라고 했지. 그렇게 밀양 박 서방은 각시를 다시 찾게 되었대._밀양군 밀양읍

6-4. 훈장님이 며느리 고르는 법

옛날에 영감과 할멈이 자식 여러 명을 낳아 키웠어. 아들만 해도
네 명이나 되는데 그중 큰아들이 나이가 많아서 좋은 며느리를
고르기 힘들었지. 어느 날, 할멈이 말했어.

"아, 우짜믄 통이 너르고 사람 겉은 며느리를 구할꼬!"

영감도 큰아들이 나이를 더 먹다간 안 되겠다 싶었는지 자신
이 직접 며느리를 구하기 시작했어. 영감은 서당 훈장님이어서
자기 서당에서 며느릿감을 찾기로 했대. 영감은 수업을 다 마치
고 처녀들만 따로 불러놓고 말했어.

"너거들 전부 다 부모 이름을 새기서 방석을 해 가꼬 온나."

이틀이 지나자 학생들은 손수 만든 방석을 가져왔어. 훈장님
은 방석을 한꺼번에 모아 놓고 말했어.

"너거들 방석을 찾아가 놓고 앉아 봐라."

그랬더니 모두들 자기 부모의 이름이 새겨진 방석을 찾아 앉

는 거야.

"아이구, 이거 내 거다. 이거 내 거다."

모두가 방석을 찾아 앉았는데, 이상하게도 한 처녀만 앉지 않았어. 그 처녀는 방석을 옆에 세우고 가만히 서 있는 거야. 훈장이 물었어.

"니는 와 방석에 안 앉고 있노?"

"지는 아버님 이름을 새겼기 때무로 자리에 깔고 앉을 수가 없습니더."

훈장은 이 며느리라면 통이 넓고 부모님을 잘 모시겠구나 싶었어. 그래서 큰아들과 결혼시켜 잘 살았더래._김해군 이북면

6-5. 가짜 신랑이 진짜 신랑 되다

옛날 합천에 김진사가 살았는데, 어머니가 많이 아팠어. 어머니를 고칠 수 있는 약을 찾아다니다 한 의원이 누런 개 3백 마리를 고아 드리면 병이 낫는다고 하는 거야. 김 진사는 전 재산을 팔아 어머니께 누런 개를 고아 드렸어. 다행히 어머니의 병은 나았지만, 그 대신 삼천 냥의 빚이 생겼지. 모두 개 삼백 마리를 사느라 생긴 빚이었어. 시간이 지나 빚을 갚아야 할 날짜는 다가오는데 돈은 없고, 그저 죽을 수밖에 없었어.

김 진사는 방문을 잠그고 들어가 밖에서 누가 뭐라 해도 절대 열어 주지 않았어. 김 진사의 아들은 끝까지 아버지에게 물었지. 도대체 왜 이러시냐고. 그랬더니 김 진사는 돈 삼천냥을 갚아야 하는데, 갚을 길이 없으니 죽어야 한다고 얘기했지. 그러자 김 진사의 아들이 말했어.

"아부지예, 그거는 염려 말고 지한테 맡기소."

아들은 그 길로 대구 부잣집에 들어가 머슴살이를 했어. 마당도 쓸고 집안일을 거들었지. 어느 날 주인집 아들이 전라북도의 한 처자와 혼사를 정하게 되었어. 그런데 실은 주인집 아들이 꼽추였던 거야. 부잣집 주인은 김 진사의 아들을 불러 말했어.

"우리 자가 전라도 땅에 장개를 가는데, 니가 대신 장개가 색시를 데려오믄 안 되겠나?"

"내 장개가는 거는 어렵잖지마는 내 한 가지 요청이 있으이 그거를 쫌 들어주이소."

"뭔데?"

"우리 아부지가 공금돈을 거석거서기해 가지고 죽게 됐으니 돈을 삼천 냥만 갚아 주모 내가 대신 장개갈 거요."

주인은 김 진사의 아들에게 돈 삼천 냥을 준다고 약속했어. 김 진사의 아들은 전라도로 떠났지. 혼례를 올리고 드디어 첫날밤이 되었어. 김 진사의 아들은 먼저 방에 들어가 있었지. 조금 있다 신부가 들어오는 데 목에 칼을 대며 묻는 거야.

"나가 오늘부텀 당신하고 백 년 부부요. 오늘 저녁에 하늘에서 맺어 주고 부모가 승낙을 했웅게. 그란디 암만 혀도 필시 무슨 곡절이 있어도 있소잉. 말해 보시요."

신부는 자신의 남편이 될 사람이 꼽추라고 알고 있었는데 말짱한 사람이 누워 있으니 이상했던 거지. 김 진사의 아들은 사실

대로 말했어.

"대구 부잣집에 그 아들이 곱산데 그래 거석해 가주고 내가 대신 장개왔소."

김 진사의 아들은 혼사가 깨질까 걱정했지. 신부가 말했어.

"그 돈 삼천 냥은 내 집에도 있응게 걱정 마시요. 당신하고 나하고 오늘 북향재배도 하고 하늘님 보고 그 법석을 했는디, 그 사람이 뭔 필요가 있당가요?"

신부는 원래 결혼하려던 대구 부잣집 아들이 아니어도 김 진사의 아들과 이미 혼인했으니 어쩔 수 없다고 했지. 다음 날 아침이 되자 부모에게도 말하고 손님들에게도 말해서 모두 집으로 돌려보냈어.

신부와 김 진사의 아들은 전라도를 떠나 시댁으로 갔어. 가는 길에 으리으리한 행차가 지나가니 사람들이 부러워했지.

"저런 사람들은 무슨 팔자가 좋아가 저러케 부잣집에서 딸을 거석했노?"

알고 보니 으리으리한 행차가 김 진사 집으로 들어오는 거라. 자세히 보니 자기 아들이고, 자기 며느리인 거야. 신부는 가마에서 내리더니 빌린 돈 삼천 냥을 갚아 주고, 김 진사 아들과 자식 낳고 잘 살았대. _거창군 남상면

6-6. 사위 보쌈

어떤 사람이 장사를 해서 벌어먹고 사는데, 장사를 십년이나 했는데도 천 냥 이상을 못 버는 거야. 천 냥으로 방을 하나 얻기는 커녕 아무것도 할 수 없었지. 장사꾼은 사정이 이렇다 보니 죽어야겠다는 생각뿐이었어.

장사꾼이 마침 의령장을 지나가고 있는데 어떤 사람이 자리를 펴 놓고 사주를 봐 주고 있는 거야. 장사꾼이 물었어.

"한 번 보는 데 얼마냐?"

"천 냥 한다."

장사꾼은 가진 돈이 그것뿐이고, 어차피 죽으려고 했으니 그 돈을 전부 털어 놓았어. 점쟁이는 말했어.

"오늘 밤중에 밀양을 가라. 밀양을 가야 좌우간에 살 틈이 생긴다. 거어^{거기} 가모 어떤 분을 만날 인연이 있다. 있는데 그 분이 시킨 대로 해야 되고 내가 시키는 것은 뭣인고 하니 대담해야 된다. 우짜든지 간이 커야 된다."

장사꾼은 그 길로 몇 십 리를 걸어 밀양으로 갔어. 다행히 예전에 아버지를 따라다니면서 알게 된 주인집이 있었지. 장사꾼은 생각했어.

'인자 그 낯선 곳에 가게 되믄 옛날에 어릴 때 따라댕긴 그 집 백에는 갈 데가 없다. 거 가가 연줄을 대모 안 알겠나?'

과연 밀양 주인집에 도착하니 예전에 계시던 주인은 돌아가셨지만 그 집 며느리가 남아 집을 지키고 있었어. 며느리는 장사꾼의 이야기를 듣더니 아주 반가워하며 친절하게 대해 주었지. 장사꾼은 저녁까지 거하게 얻어먹고 며느리와 이야기를 나눴어. 며느리는 말했지.

"여기꺼정 참 잘 오셨네예, 참 잘 오셨는데…. 내가 이런 얘기는 고마 체면 불고하고 마 털어놓을께예. 내 집에 안 왔으몬 그만인데 천생 내 집에 온 이상에는 오늘 저녁 일은 내 시키는 대로 쫌 해주이소."

장사꾼은 나가도 딱히 할 일이 없었기 때문에 며느리가 시키는 대로 하기로 했지. 먼저, 며느리는 장사꾼에게 목욕을 하라고 하는 거야. 장사꾼은 목욕을 깨끗이 했지. 목욕을 한 다음엔 아주 좋은 비단 두루마기를 내와. 며느리가 입으라는 대로 입고 며느리를 따라갔어. 며느리는 장사꾼에게 방에 들어가 이불을 덮고 있으라고 했지.

"내는 집에 없을 끼니까 말이제, 이 옷을 한 개도 벗지 말고 고대로 자고 있으이소. 아매^{아마} 밤중에 어떤 사람들이 들어올꾸마. 들어오면 가타부타 아무 말도 하지 말고 우짜든지 몸도 보이지 말고 말도 하지 말고, 이불이든지 요든지 마 오다^{감짜} 쓰라. 우짜든지 딱 오다 훔쳐 넣고, 안에 거머쥐고 몸을 나타내 보이지 마소."

장사꾼은 당연히 '아, 오늘 저녁에는 뭐가 있네!' 싶었어.

저녁이 되자, 마루에서 덜크덕 소리가 나더니 몇몇의 장정들이 장사꾼이 있는 방으로 들어오는 거야. 사람들은 장사꾼을 번쩍 들더니 가마에 넣었어. 장사꾼은 생각했어.

'맞네, 보이지 마라 쿠드만 틀림없이 그 안주인을 싸러 왔네! 이제 알겠다.'

장사꾼은 얼굴이 안 보이게 꽁꽁 싸매고 장정들이 하는 대로 내버려 두었어. 한참을 이동했을까? 어느 집에 들어가니 잔칫집처럼 시끌시끌한 거야. 듣자 하니 새댁이 들어온다고 난리였어. 장정들은 목적지에 도착하자 장사꾼을 방에 들여놓았어. 방에 앉아 가만히 들어 보니 주인이 홀아비였던 모양이야. 다시 혼인하려 하니 홀아비한테 시집오려는 사람이 없어 과부를 보쌈하려 한 것이지.

과부를 보쌈한 밀양 홀아비는 딸과 함께 살고 있었어. 밀양 홀아비에게는 과년한 딸이 있었는데, 딸을 불러 놓고 조용히 말했어.

"새 오매어머니가 오시는데, 누가 굳이 초면에 다른 분이 드가겠나? 그러니 네가 드가서 어무이랑 정들 만큼 뭣이라도 권하고 말이지, 같이 잠도 자라."

딸은 어머니가 있는 방으로 들어가 말했어.

"아이고, 옴마, 옴마! 내하고 인자 참 정답게 살자."

딸은 어머니가 두른 이불을 좀 벗겨 보려 애를 써 봐도 절대 벗길 수가 없는 거야. 딸은 새로 온 어머니가 부끄러워서 그러겠거니 생각하고 새어머니가 꼼짝을 안 하니 먼저 잠이 들었어.

바깥이 조용해지자 장사꾼은 이불을 살짝 걷어 보았어. 그랬더니 달덩이 같은 처자가 누워 있는 거라. 처자는 잠이 깊이 들어 있었어. 시간이 지나니 자연스럽게 두 몸이 한 몸이 되어 있었지.

다음 날 아침이 되자 홀아비는 공연히 마루에 서성거리고 있었어. 도대체 새색시가 언제 나오나 하고 말이지. 아무래도 죽었는지 살았는지 인기척이 없어서 방문을 열고 들어갔어. 그랬더니 낯선 사내하고 딸이 같이 안고 있는 거라. 알고 보니 장정들이 과부를 데려온다는 걸 엉뚱한 청년을 데려 온 거야. 그래도

뭐 어쩌겠어. 낯선 사내가 이미 딸과 하룻밤을 보냈는걸. 홀아비

는 장사꾼을 사위로 삼기로 했지. 색시 보쌈하려다 사위 보쌈을

하게 됐다는 얘기야._의령군 의령읍

6-7. 꼴뚝각시 시집가기

옛날에 꼴뚝각시라는 이름의 처녀가 있었어. 나이는 스물다섯 살인데 혼사가 들어오지 않는 거야. 그때는 다들 스무 살이 되기 전에 시집을 갔거든. 꼴뚝각시는 생각했어.

"나가 아무것도 나쁜 기 없는데…, 키가 작으이 옷베도 절액절약이고, 발이 크이 바람 부는 날 안 넘어 갈 끼고, 손가락이 짜르이^{짧으니} 아주 부지런할 끼고, 눈이 돌배쿰^{돌배만큼} 하이 천하만물을 잘 볼 끼고, 조딩이^{주둥이}가 쫑것하이^{뽀족하니} 불로 잘 불 끼고, 코가 유자코^{유자처럼 둥글넓적하게 생긴 코}라 잘살 끼고, 또 귀는 쪽박귀^{쪽박처럼 오목하게 생긴 귀}라 잘살 끼고, 아무것도 나무랄 끼 없는데 우째 이리 중신이 안 들오느냐꼬!"

신세 한탄만 하고 있던 꼴뚝각시에게 드디어 혼사가 들어왔어. 상대는 저 먼 고을에 사는 꼴생원이었지. 급하게 날을 받아 준비하려니 병풍도 없고, 가마도 없고, 멍석도 없고, 혼사 때 필

요한 것이 아무것도 없는 거야. 꼴뚝각시는 집에 있는 개에게 성
질만 냈어.

"세혁가 빠질 놈의 이놈의 개야! 니는 심바람^{심부름}도 안 하고
참 편타."

꼴뚝각시는 투덜거리면서도 어떻게든 혼사 준비를 마쳤어.
그런데 꼴생원이 오기로 한 날이 되었는데도, 꼴생원은 오지 않
았어. 아홉 시가 지나도, 열 시가 지나도 밤을 새도 안 오는 거야.
꼴뚝각시는 한 달이고 일 년이고 계속 기다렸어. 그렇게 오 년이
흘렀지. 꼴뚝각시는 안 되겠다 싶었는지 결단을 내리기로 했어.
때는 사월이라 보리가 한창이었지. 보리를 몇 단 베어 볶아서 한
소쿠리에 담고 보리로 술을 만들어 옹기그릇에 담았어. 꼴뚝각
시는 준비한 것을 들고 꼴생원네 집으로 향했지.

꼴뚝각시는 꼴생원이 산다고 하는 구천동골에 와서 물었어.

"여보소, 꼴생원네 집이 어느 깁니꺼?"

"저 건네 울도 담도 없고 쪼깨만 헌 오막살이 집이다."

꼴뚝각시는 집 밖에서 지켜봤어. 꼴생원의 아버지로 보이는
노인이 이를 하나 둘씩 잡으며 말했지.

"나가 나이 칠십다섯인데 말이지, 아무데 그 꼴뚝각시한테 우
리 자슥^{자식} 구혼을 해 놨는데… 며느리 밥을 얻어 묵고 죽어야
나가 언제 죽어도 원이 없을 낀데…."

그러자 꼴생원이 병신 팔을 흔들며 말했지.

"아부지, 무신 그런 말을 하요? 나가 청춘이 만리 같은 나이 마흔아홉인데. 그런 소리 하지 마소."

옆에 있던 머리가 하얀 할매도 저고리에 있는 이를 잡으며 말했지.

"아이고, 꼴뚝각시 손에 밥을 한 때^한 끼 얻어 묵어야 나가 원이 없겠는데…."

꼴생원이 어머니에게 다가가는데 팔만 병신인 게 아니라 다리도 절름발이인 거야. 꼴생원은 "나이 마흔아홉에 청춘이 만리 겉은데 그런 걱정을 하노?" 하고 또 말했지.

바깥에서 지켜보던 꼴뚝각시는 꼴생원이 팔도 병신이고 다리도 절어서 집으로 돌아갈까 고민했어. 하지만 이것도 자기 팔자라고 생각하며 꼴생원네 집으로 들어가기로 했지.

"누꼬?"

꼴생원의 어머니가 물었어.

"예, 아무데 꼴뚝각십니더."

꼴생원의 부모는 집에 먹을 것도 없고, 개죽을 쒀 줄 것조차 없으니 집에 들어온 며느리한테 미안한 거야. 어머니는 집 구석구석을 뒤져 꽁보리를 찾아냈어. 꽁보리를 꼴뚝각시에게 주면서 말했지.

"아가, 이거 찧어가^{찧어서} 저녁 쫌 해라."

꼴뚝각시는 꼭딱꼭딱꼭딱 방아를 찧기 시작했어. 그 방아 찧는 소리가 얼마나 기운이 넘치던지 저 건넛마을까지 들릴 정도였대.

"아이고, 꼴생원네 집 자부가 왔는데, 그 자부가 그 집보다 백배 이상이라. 그 집에 참 괜찮은 자부가 하나 들왔네."

꼴뚝각시는 꼴생원과 살면서 돈도 꼬박꼬박 모으고 아들도 셋이나 낳아 병조판서로 키웠다고 해._거제군 동부면

7부

변신 : 다른 존재 되기

7-1. 천년 묵은 거싱이

옛날에 한 포수가 호랑이를 잡으러 간다고 산속에 들어갔어. 그런데 호랑이는 한 마리도 못 잡고 날이 저물고 말았지. 어디서 자야 하나 하고 고민하던 중에 외딴집 하나가 보였어. 그래서 그 집을 찾아 가니까 나이 많은 부부가 살아. 부부는 포수보고 밤이 늦었으니 자고 가라고 했어. 포수도 '잘됐다' 생각하고 노부부의 집에서 하루 묵게 되었지.

영감이 할멈에게 물었어.

"이기, 손님이 왔는데 저녁 지어야제. 양식이 있는가?"

"양식이라 캐야 서숙粟 씨 할라고 넘겨 둔 그 백에 없소."

"그래? 그것 뜯어 가꼬 저녁해야 되제. 서숙 가 온나."

영감은 할머니가 가져다 준 서숙을 싹싹 비비더만 마당에 확 집어 던졌어. 그랬더니 금방 서숙이 자라 가지고 이삭이 열리고 어느새 먹을 만큼 다 익은 거야. 영감은 다 익은 서숙을 비비고,

쩛고 해서 포수에게 밥을 먹었어. 포수는 아주 배불리 먹고 기분 좋게 잠이 들었어.

포수가 아침에 일어나니까 어찌된 일인지 정신은 말짱한데 말이 안 나오는 거야. 말을 하려고 하면 '음매' 하는 소리만 날 뿐이었어. 포수가 소가 된 거지. 사실 엊저녁에 영감이 자고 있는 포수의 얼굴에 뭘 씌웠는데 천 년 묵은 거싱이^{지렁이}였어.

영감은 소가 된 포수를 팔려고 시장에 데려갔어. 건장했던 포수가 소가 되었으니, 소가 어디 보통 튼실했겠어? 시장에 내놓자마자 금방 팔렸어. 영감은 소를 팔면서, 소를 키울 때 조심해야 될 것이 한 가지 있는데 절대 소를 무밭에 묶어 놓지 말라고 했어. 소가 된 포수는 팔려 가서 풀 먹고 쇠죽을 먹으면서 진짜 소처럼 일만 하며 살았어. 그러던 어느 날, 주인이 소를 데리고 밭에 가던 길에 오줌이 너무 마려운 거야. 주인은 깜빡하고 소를 무밭 옆에 매어 놓았어. 포수는 기회다 싶어 무를 실컷 먹었어. 그랬더니 탈이 벗겨지면서 소가 다시 사람이 되었어. 포수는 이전처럼 다시 호랑이를 잡으러 다녔지.

그날도 한참 호랑이를 잡으러 다니다 보니 밤이 되어 버린 거야. 근처에 쉴 곳이 없나 돌아다녀 보니 글쎄 예전에 갔던 그 노부부 집이 또 있었어. 포수는 노부부를 잘 지켜볼 요량으로 다시 그 집에 들어갔어. 포수가 들어오자 영감이 말했어.

"이기, 손님 왔는데 저녁을 지아야제."

할멈이 양식이라 해 봐야 서숙밖에 없다고 그래. 이전이랑 똑같지? 서숙을 가져오니 그전과 똑같이 싹싹 비벼서 마당에 확 집어 던지니 금세 무럭무럭 자랐어. 그걸로 밥을 지어 주었지. 포수는 밥을 먹고 잠을 자려고 누웠어. 이번에는 누워서 잠을 자는 척만 하고 있었지. 그랬더니 영감이 조용히 오더니 얼굴에 또 뭘 씌우려고 하는 거야. 포수는 총을 꺼내 영감을 향해 쐈어.

일어나 살펴보니 네모나게 생긴 통통한 짐승 같은 것이 자빠져 있는 거야. 눈도 없고 코도 없어. 포수는 일단 그 짐승을 가지고 마을로 내려왔어. 뭔지 알 수가 있어야지. 시장에 떡 내놓고 있었더니 한 노인이 다가왔어.

"돈 천 냥 줄 테니까 그거 파소."

"어르신, 이기 뭅니꺼?"

"거싱이 아이가. 거싱이."

이 거싱이는 수천 년 묵은 건데 노감테를 씌워서 사람을 소로 만드는 재주가 있었던 거지. 거싱이가 수천 년 묵으면 그런 재주를 부린다는 이야기가 있어. _거제군 신현읍

7-2. 게으름뱅이 길들이기

어떤 사람이 김해로 시집을 갔는데, 신랑이 게을러도 너무 게을
렀던 거야. 신부는 처음엔 그러려니 했어. 여자는 그동안 길쌈도
하고 남의 빨래도 해주면서 살림을 꾸려 나갔지. 그런데 남편이
라는 사람은 시간이 지나도 방에서 먹고 놀기만 했어. 더 이상
참지 못한 부인이 말했지.

"보소, 언제까지 맨날 이래 놀끼고. 뭐라도 해야 안 되겠나?"

"내가 뭐 할 끼 있나."

남편은 자기가 할 일이 없다면서 계속 빈둥거렸어. 답답한 아
내는 뭐라도 해오라며 잔소리했지. 남편은 결국 보따리를 싸서
집을 나왔어. 보따리에는 명주 세 필도 챙겼는데, 명주를 팔아
술을 사 먹을 요량이었지.

"내가 뭐 이 집 아니모 갈 데가 없을까 봐?"

남편은 술을 마실 생각에 흥이 나서 산에 올라갔어. 주막에

가려면 산을 넘어가야 했거든. 때마침 햇살도 좋아 술 먹기 딱 좋은 날씨였지. 한참을 올라가다 보니 산비탈에 어떤 노인이 뭘 만들고 있는 거야. 남편은 노인에게 가까이 가서 뭘 만들고 있는지 살펴보았어. 생전 처음 보는 물건이었어.

"어르신, 그거 뭐하는 깁니꺼?"

"이 사람아, 자네는 이른 거 몰라도 된다. 이래 좋은 거를 자네처럼 시시한 소인들은 알아 봐야 필요가 없다."

"아이 할아버지, 그 뭣인지 꼭 갈치가르쳐 주이소. 내 아무 데도 얘기 안 할께예."

"자네가 꼭 그렇다믄 내 가리치 주꾸마. 이놈을 다 맨들어가 주디주둥이에 탁 쓰면 세상에 아무것도 부러할 끼 없고 밥 안 무도 배부르다."

남편이 딱 바라던 걸 발견한 거였지. 저것만 쓰면 일을 안 해도 신선처럼 살 수 있다니, 남편은 할아버지를 조르기 시작했어.

"할아버지, 내 꼭 한 번만 써 보게예."

"니가 그래 원하모 내 한 번 씌워 주꾸마."

그런데 할아버지가 만든 망을 쓰자마자 남편은 그만 소가 되어 버렸어. 말하려고 할 때마다 '음매' 소리밖에 나오지 않았지. 노인은 소가 된 남편을 시장으로 몰고 갔어. 소를 한켠에 매어 두고 있으니 한 사내가 다가왔어.

"이 소 임자가 눈고누구인고?"

"내가 소 임자요."

"소로 삽시더. 소 움마요얼마요?"

영감은 돈을 거슬러 주며 목소리를 낮춰 말했어.

"보소, 이 소는 다른 데는 아무 관계없는데 무시무 밭 곁에는 매지 마라. 무시 밭 근처에는 절대 갔다 매믄 안 된다."

"뭐, 소가 무시 무가먹어가 상관이 있소?"

"마, 그렇긴 한데, 이 소는 무시 밭에 매믄 절대 안 되이까 그 점을 신중히 생각하시고 그리하이소."

사내는 소를 집으로 몰고 왔어. 사내는 소가 배고플까 봐 소죽을 끓여 줬지. 소가 된 남편은 배가 고프긴 한데 속까지 소 아니니 그걸 먹을 수가 있었겠어? 하지만 배가 고프니 어쩔 수 없이 조금이라도 먹을 수밖에 없었어.

"이놈우 소가 입이 참 짜르네짧구나."

하루는 사내가 소를 몰고 자기 밭으로 가고 있었어. 그런데 소가 앞으로 안 가는 거야. 채찍으로 때려도 아무 소용없었어.

"이놈우 소가 와 안 가노?"

소는 배가 고파 더 이상은 움직일 수 없던 거였어. 사내는 어쩔 수 없이 집으로 돌아가기로 했지. 집으로 돌아가 소에게 먹일 것을 좀 찾아보려고 했어. 소가 된 남편은 생각했어.

'아이고, 내가 차라리 죽지, 이 짓은 몬 하겠다.'

소는 문득 예전에 노인이 자기를 팔 때 무밭에 가면 절대 안 된다고 한 말이 생각났어. 무를 먹으면 죽는 게 아닐까? 소가 된 남편은 목줄을 끊고 무밭으로 달려갔어. 무를 먹고 콱 죽어 버릴 생각이었지. 그런데 무를 먹자마자 갑자기 소가죽이 벗겨지면서 다시 사람이 되었어.

"이 우찌 된 기고?"

다시 사람이 된 남편은 자기에게 망을 씌워 준 노인을 찾아갔어. 산 언덕에 도착했을 땐, 노인은 없고 명주 세 필만 남아 있었지. 남편은 깨달았어.

"아하! 내가 그래 살다가 이래 된 기구나. 맴을 새로 살겠다 깔다듬고^{가다듬고} 살아야 긋다!"

남편은 명주를 들고 곧장 집으로 갔어. 한편, 아내는 돈을 벌어 오라고 했더니 명주를 가지고 도망간 남편에게 온갖 욕을 하고 있었지. 그랬던 남편이 이제 돌아왔네?

"보소, 나갔으모 오데 가서 벌어 묵고 살등가! 뭐할라 집에 또 들오노. 당신이 들오믄 묵고시고^{빈둥빈둥} 놀고 방구들 깔고 누워서, 천장 갈비^{서까래}만 셀 모양인데 이래가 되겠습니꺼?"

"니 말이 옳다. 근데 지끔부터 다시는 그런 일이 없을 끼고 이제 내도 사람이 됐으이까 절대로 그런 일 없을 기다."

그후로 남편은 부지런하고 참 사람이 되어서 잘 살았더래. 그
런데 남편을 소로 변신시키고 흔적도 없이 사라진 노인이 누군
지 알아? 지금으로 말하면 산신령인데 게으른 사람을 소로 변신
시켜서 참 사람을 만들어 준 거래. 참말인지 거짓말인지는 모르
지._김해시 봉황2동

7-3. 오백아홉 나한이 된 화적떼

옛날에는 대부분의 스님들이 이 마을, 저 마을에 가서 탁발을 해 가며 살았어. 경남 울주의 절에서도 마찬가지였지. 그날은 특히 나 부처님께 올릴 음식을 얻어 와야 했어. 스님들은 모두 탁발하러 마을로 내려갔지. 그중 한 스님이 마을 어느 집에 가 보니 좁쌀이 아주 잘 익어 있는 거야. 스님은 생각했어.

'저 조비^{좁쌀}를 상좌^{上座}에 올리모 좋을 낀데….'

스님은 조 이삭을 끊어서 바랑에 넣고, 밤 늦도록 탁발을 하고 돌아왔어. 바랑은 스님들이 들고 다니는 가방을 말해. 저녁이 되자 여러 스님들이 탁발해 온 음식을 꺼내 놓기 시작했어. 조 이삭을 가져온 스님도 상좌에 올리며 말했지.

"내가 오늘 아무 동네 탁발하러 가이께이, 이 조비가 을매나 좋은지, 부처님 전에 올릴라꼬 한 이삭 끊어 왔심더."

그랬더니, 큰스님이 화를 내며 말했어.

"니가 그래, 백성들이 그 조비로 가꾼다꼬 을매나 욕을 봤다고 말이다. 근데 니가 그 조비를 먼지^{먼저} 끊어 왔다꼬? 에라, 이 눔! 니가 그거로 그 사람 욕 봤는 그 값을 할라 카몬, 니가 마 소가 돼가 그 집에 가 뿌라. 가가 삼 년 동안 일로 해주고 오이라."

큰스님은 조 이삭을 가져온 스님을 소로 만들어 버렸어. 그런 다음 스님이 조 이삭을 가져온 집으로 소를 돌려보내 버렸지. 그 집 주인은 성이 황씨였어. 황씨네 집에서는 코뚜레도 없는 소가 제 발로 들어오니 이상하게 여겼어. 그리고 일단 묶어 놓고 소 임자를 기다렸어. 하지만 아무리 시간이 지나도 주인이 나타나지 않으니 다른 소들과 함께 일을 시켰지.

그렇게 스님이 소가 된 지 꼭 3년이 흘렀어. 어느 날 주인이 방에 앉아 있는데 마당에서 누가 자기를 부르는 소리가 들리는 거야.

"황 스방, 황 스방."

문을 열어 보니 아무도 없고 소만 덩그러니 마당에 서 있어.

"누꼬? 누가 부르노? 부르는 소리는 들리는데 나오이 와 사람이 없노?"

"소인 지가 불렀습니데이."

"그럼 니가 우예 말을 하고 날 부르노?"

"예, 지가 본래는 소가 아이고, 어느 절 큰스님 밑에 상좌^{上佐}

로 있었는데, 탁발하러 오다가 내가 이 집 조비를 한 이삭 끊어다가 부처님한테 바쳤심더. 큰스님이 조비 끊은 그 죄로 이 댁에 와 가지고 은혜를 갚고 오라고 안 합니꺼. 그래가 왔십니더."

"그래, 그럼 이제 우짤 낀데?"

"내가 한 개 시킬 테이까네 지 말대로 할란교? 꼭 아무 날 아무 시에 이 집에 윽스 점잖은 손님이 많이 올 낀데, 큰 소 한 마리 잡고, 술을 마 큰 독에 몇 독을 담고, 음식도 윽스로 장만을 해가 마당에다 덕석을 내 펴고, 멍석자리를 둘러 펴고 병풍을 치고, 이래 하믄 좋을 끼라."

주인은 소가 말하는 게 하도 신기해서 소가 한 말을 안 들을 수가 없었어. 소가 말한 날짜에 맞춰 사람 키만 한 독에다가 술을 담고 큰 소를 잡아 음식을 장만했지. 동네 사람들이 모두 몰려와 실컷 먹었어. 손님들이 한참을 먹었을까? 갑자기 동네에서 처음 본 사람들이 주인집으로 들어왔어. 과객이라고 하기에는 사람이 너무 많았고 뭔가 범상치 않았지. 그들은 이 집을 털러 온 화적떼였던 거야! 화적떼들은 음식이 차려져 있으니 우선 음식을 먹고 집을 털자고 했어. 집을 막 털려는 찰나, 소로 변했던 스님이 다시 사람으로 돌아왔어. 스님이 도력이 있었던지 화적떼들을 한 번에 제압했지. 스님은 주인에게 가서 말했어.

"황 스방, 내가 오늘에야 조비 훔치 간 죄 면하고 갑니더. 이

손님은 지가 다 데꼬 가겠심더. 이 집 살림 털러 온 손님인데, 내가 다 데꼬 우리 절로 모시겠심더."

화적떼는 스님의 도력에 꼼짝없이 따라갈 수밖에 없었어. 스님은 절을 떠난 지 3년 만에 자신의 거처로 돌아왔지. 그것도 화적떼를 데리고 말이야. 절에 도착한 스님이 화적떼에게 말했어.

"우리 큰스님은 조비 한 이삭을 끊은 것도 죄가 많다고 내를 소로 만들어가, 삼 년을 그 집에 일하라고 보냈디만, 느그는 맨날 놀믄서로 넘우^{남의} 재물만 다 털어다 묵고 꿍꿍^공으로 묵고사이, 느그는 마 부처가 다 돼 삐라. 내가 부처로 맨들어 주꾸마."

화적떼들은 자신들도 언제까지 남의 물건을 훔치며 살 수 없으니 그러겠다고 했어. 그들은 절에서 생활하며 공덕을 쌓아 오백 나한이 되었대. 그 절이 지금 청도에 있는 운문사야. _울주군 상북면

7-4. 지네를 아내로 삼은 사내

경남 하동에 한 사내가 어머니와 단 둘이 살았어. 아들은 어머니를 극진히 봉양했대. 그런데 어느 날 어머니가 병에 걸린 거야. 그것도 중병에 말이야. 어머니의 병을 치료하려면 값비싼 약초가 필요했어. 매일 백 냥이라는 거금이 든다는 거야. 아들은 나무를 해다 판 돈을 모아 겨우겨우 약값을 댔어. 몇 달을 그렇게 했을까? 이제 더 이상 의원에게 가져다 줄 돈이 없었어. 나무를 팔아서 얼마나 벌었겠어. 아들은 산 위 바위 끝까지 올라가 나무에 목을 매고 죽으려 했어.

"내가 어무이를 봉양할 수 없으니 더는 살 이유가 없다."

한 발자국을 내딛어 죽으려는 순간, 바위 밑에서 예쁜 처자가 불쑥 나타나 말했어.

"와 이라요?"

"내가 날마다 백 냥을 어머님 약값에 쓰다가, 인자 돈이 없어가 할 수 엄서서 죽을라고 각오한다."

"내가 백 냥 대줄 낀께, 걱정 말고 같이 가소."

처녀가 어머니 약값에 쓰일 백 냥을 준다고 하니 사내가 죽을 이유가 없지. 사내와 처녀는 그날부터 같이 살기로 했어. 처녀는 약속대로 꼬박 꼬박 백 냥씩을 가져다 주었어. 사내는 이제 아무 걱정이 없었지. 어머님도 의원에게 잘 치료받고 있고, 예쁜 아내도 생겼으니까 말이야.

그날도 사내는 나무하러 산으로 갔어. 나무를 하다 보니 어느새 어둑어둑해진 거야. 서둘러 내려오는데 눈앞에 돌아가신 아버지가 나타났어.

"야야, 너거 집에 데꼬 있는 그게 사램이 아이다. 그기 지네다, 지네. 그걸 죽이야 니가 살지 안 그라믄 몬 산다."

"그라모 우째야 되겠십니까?"

"지금 당장 장에 돌아가가, 맵은매운 담배 한 봉지를 사 가꼬, 담뱃대에 여어넣어 삽짝에 드갈 때부텀 피우고 드가라. 그러믄 지네가 죽는다."

사내는 산에서 내려오면서 많은 생각이 들었어. 돌아가신 아버지가 나타나 그런 말을 하니 안 들을 수가 있나. 사내는 일단 담배를 사서 집에 들어갔어. 그러곤 담배에 불을 붙이려는 순간, 아무리 생각해도 함께 사는 저 여자를 죽이진 못하겠는 거야. 아무리 지네였다고 해도 그동안 같이 산 정이 있는데…. 사내는 담배를 놓고 사랑방으로 들어갔어. 일단 눕긴 누웠는데 머릿속이 복잡해졌지. 한 시간쯤 지났을까. 아내가 방으로 들어왔어.

"아까 산에 나무하러 갔다 오실 적에 누굴 만냈지요?"

"어! 아부지로 만냈는데 이런 이야길 들었다. 사실이가?"

"응! 사실은 내가 지네요. 내가 지넨디 허물을 벗어 삐릿소. 인자 허물 벗었으니 안심허소. 아까, 그 길에서 만낸 그기는 자기 아부지가 아이고 천 년 묵은 구리구렁이요. 내하고 구리하고 서로 둔갑을 할 끼라고 서로 시기를 했다 아이가. 돈 백 냥씩 주던 거는 내가 갖고 있던 구슬 팔아서 나온 기라."

아내의 말로는 자기는 지네였고 아까 산에서 만난 아버지는 구렁이가 둔갑한 것이라고 하는데 믿을 수가 있어야지. 사내가 못 믿는 눈치라 아내는 방 한켠에 잘 보관해 둔 지네 허물을 보여 줬어. 사내는 그제야 아내를 믿게 되었지. 사내가 말했어.

"이때꺼정 도와줘서 고맙소. 인자 마 안심하고 살자."

사내와 허물 벗은 지네아내는 예전처럼 어머니를 봉양하며 잘살았다고 해._하동군 횡천면

7-5. 우렁이와 노총각

옛날 한 노총각이 나무를 하고, 논일을 하며 살았어. 아침이 되면 산에 가서 일하고 저녁쯤 집에 와서 밥을 해먹었지. 하루는 일을 마치고 집에 왔는데, 신기하게도 밥상이 차려져 있는 거야. 하도 희한해서 밥을 한 술 떠 보니 맛도 좋았어. 노총각은 이상한 일이라고 생각하며 잠들었지.

그 다음 날, 노총각은 다시 일을 하러 나갔어. 나갔다 들어오니 또 상이 차려져 있네. 노총각은 누가 자기를 놀린다는 생각이 들기도 했어. 노총각인 것도 서러운데 놀리기까지 하다니!

다음 날 아침에도 노총각은 일하러 나갔어. 논에서 풀을 뽑다가 어제 일이 생각나 혼잣말을 했지.

"이 팥밭산중에 개간한 밭 띠지뒤지다: 일구다 가꼬 내는 누캉누구랑 묵고 살꼬?"

"내캉 묵고 살제."

노총각은 소리 나는 쪽으로 고개를 돌렸어. 그런데 아무도 없는 거야. 노총각은 혹시나 해서 다시 말했어.

"이 팥밭 떠지 가꼬 나는 누캉 묵고 살꼬?"

"내캉 묵고 살제."

노총각이 소리 나는 방향을 자세히 살펴보니 풀에 붙은 우렁이 한 마리에게서 소리가 나는 거야. 노총각은 우렁이를 집으로 데려와 물에 담가 두었어. 다음 날도 노총각이 일하러 나갔다 오니 저녁 밥상이 차려져 있는 거야. 노총각은 물에 담가 둔 우렁이가 각시로 변해서 밥을 하는 것이라고 확신했어. 시간이 갈수록 노총각은 우렁각시의 얼굴이 궁금해서 답답했어. 노총각은 생각했지.

'내일은 우예도^{어찌하여도} 저 처녀를 붙잡고 말끼다.'

다음 날이 돼서 노총각은 다시 일하러 나갔어. 그런데 이번엔 저녁때가 아니라 저녁상을 준비할 때쯤 집으로 돌아왔어. 그리고 문밖에서 조용히 부엌을 지켜보았어. 아니나 다를까, 물속에 있던 우렁이가 예쁜 처자로 변해 음식을 만들고 있는 거야! 노총각은 처녀가 다시 우렁이로 변하기 전에 들어가 손을 붙잡았어. 처녀가 말했지.

"아이고 안주^{아직} 기한이 안 됐잉께네 안 된다. 기한이 되믄 내가 참 변신을 해가 나올 낀데, 안주 시간이 멀었다. 내가 아주 사람이 될 때꺼정 쪼매만 있으라."

　노총각은 바로 우렁각시와 함께 살고 싶었지만, 남은 기간 동안 잘 견뎠어. 그래서 우렁이는 무사히 사람이 되었고 노총각에게 시집가 잘살았다고 해._울주군 상북면

7-6. 가물치의 변신

옛날에 한 며느리가 물고기를 잡으러 강가에 나갔어. 강 한켠에 소나무를 무더기로 쌓아 놓은 곳이 있었지. 며느리는 땔감으로 쓸 소나무를 하나씩 빼기 시작했어. 그런데 나무를 빼다 보니 큰 가물치 한 마리가 퍼드득 하고 튀어나오는 거야. 며느리는 가물치를 잡아서 집에 왔어. 솥에 고아 몸보신할 요량이었지.

며느리는 가물치를 잘 고아 먹었어. 그런데 가물치를 고아 먹은 다음부터 배가 불러오는 거야. 열 달이 차자 며느리는 아들을 낳았어. 포동포동하니 아주 건강한 아이였지. 가물치를 먹고 낳았으니 오죽했겠어. 아이의 얼굴이 좀 노란 것 빼고는 문제가 없었지.

어느 날, 지나가던 방물장수가 며느리의 집에서 묵게 되었어. 며느리의 집에는 방이 없어서 방물장수는 할머니와 아이가 함께 자는 방에서 묵게 되었지. 밤이 되어 모두 잠이 들었어. 한밤중에 방물장수는 느낌이 이상해서 잠이 깼는데, 옆을 쳐다보니 가물치 한 마리가 할머니의 목을 타고 올라가는 거야. 방물장수는 가지고 있는 칼을 꺼내려 했어. 가방 속에 칼을 꺼내고 보니 가물치는 사라지고 아이가 할머니 옆에 누워 있는 거야. 아침이 되자 방물장수는 어젯밤 일도 그렇고 아이의 얼굴도 노란 게 아무래도 이상했어. 방물장수가 할머니에게 물었어.

"집에 얼라가 얼굴이 노란 기…, 그래 이거 잉태할 직에 우째 된 깁니까? 사실대로 이야기해 보소."

"아아 서룰설 적에 몇년 묵은 소깝 삐까리소나무 더미에 소깝을 빼러 가이까네 가물치 한 마리가 툭 튀어 나왔는데, 그거로 한 솥 고아 가꼬 식구들이 다 같이 묵었는데, 며느리가 묵은 뒤로 얼굴이 노랗디이 저 자석 배설렀다배었다 아이가."

"아, 그라모 저 둥거리장작에 불 놓으소. 자석 하나 없는 요량 하고 내 시키는 대로 하이소. 내가 얼굴 노란 거 곤치 주꾸마."

방물장수는 마당 한가운데 솥을 끓여서 아이를 그 안에 넣었어. 아이를 물에 넣자마자 가물치 한 마리가 툭 튀어나오는 거야. 오래된 소나무 밑에 있던 가물치가 변해서 아이가 된 것이지.-울주군 언양면

7-7. 여우로 둔갑한 아내

서울에서 진주로 부임한 사또가 관내를 순찰하고 있었어. 선학
재를 지나 탁골이란 곳으로 내려오는데 짚으로 가려진 시체 위
에 누가 있는 것 같은 거야. 사또가 말했어.

"거기 사람이냐, 무엇이냐? 왜 이러느냐?"

말소리가 들리니 시체를 파먹고 있던 여자가 피를 뿜으며 말
했어.

"마, 안 가나?"

"이년, 이 요망스런 년이! 뭣이라?"

"이눔이 맛을 보고 접는가배_{싶은가 봐}?"

여자는 사또에게 달려들었어. 사또는 다행히 품에 차고 다니
는 칼이 있어서 그걸로 여자를 공격했어. 여자는 어디론가 사라
졌고 땅바닥엔 여자의 귀만 덩그러니 남겨져 있었지. 사또는 남
겨진 귀를 가지고 관아로 돌아왔어.

다음 날 사또는 나졸을 불러 모았어.

"옥봉 동네에 가서 어쨌든지 아픈 척 하는 사람이 있거든 잡아들여라."

나졸들이 동네를 돌아다니다가 골목에서 나오는 여자아이와 마주쳤어.

"느그 집에, 아픈 사람이 있나?"

"아, 우리 집에 아픈 사람 있심더."

"누가 아프노? 어데가 아픈데?"

"애기씨가 아파가 지금 누우가 있다."

나졸들이 가 보니까 귀가 한쪽 떨어진 여인이 피투성이가 된 채로 누워 있었어. 나졸들은 여인을 관아로 데려왔지. 사연을 들어 보니 낮에는 평범한 여인이지만 밤이 되면 둔갑을 해서 시체 옷을 벗겨 장독 안에다가 넣는다고 해. 그리고 다음 날이 되면 '엊저녁에 내가 무슨 수작을 했는고' 하더래. 사또는 여인을 돌려보내고 남편에게 아내를 잘 감시하라고 했지.

남편은 아침에 일어나면 아내 옷이 바뀌어 있는 데다가 시체 냄새가 나니 안 그래도 이상하게 생각했어. 남편은 저녁에 아내가 무얼 하는지 지켜보기로 했지. 밤 12시쯤 되니까 아내가 방을 쓱 나가더니 마당에서 서너 바퀴를 돌아. 순간, 여우 꼬리가 보이는 거야. 둔갑을 한 아내가 문을 열고 나갔다가 시체의 옷을 가지고 오더래. 남편은 아내의 증세를 고치기 위해서 밤마다 아내를 계속 지켜보고 있었어. 그런데 어느 날, 아내의 콧구멍에서 쥐 세 마리가 나오는 걸 발견했지. 첫번째로 나온 쥐가 앞장서서 쭈르륵 마당으로 가고 있는 거야. 남편은 목침으로 쥐들을 때려잡았어. 쥐를 죽이고 난 뒤 아내는 더 이상 밤이 되어도 나가지 않았대. _진주시

7-8. 막내딸은 천년 묵은 여우

옛날 어느 대감집에 아들 셋, 딸 하나가 있었어. 딸을 막내로 낳고 보니 너무 예쁜 거라. 대감집 내외는 딸을 곱게 키웠지. 그런데 어느 날 이 집에 문제가 생겼어. 하룻밤 자고 일어날 때마다 집에 있는 가축이 한 마리씩 죽는 거야. 아버지는 큰아들에게 밤에 무슨 일이 생기는지 지켜보라고 했어. 큰아들은 외양간에 숨어 들어가 지키기 시작했지. 한밤이 되자 외양간 문이 빼꼼 열리면서 막냇동생이 들어왔어. 막냇동생은 소 밑구멍에다 손을 쑥 넣더니 창자를 꺼내 먹었어. 다 먹고 나선 연못에서 손을 씻고 자기 방에 들어가서 아무 일도 없었다는 듯이 누웠어. 큰아들은 아버지에게 가서 말했지.

"아부지예, 큰탈났십니더. 우리 막냉이가 소 밑구녕에다 손을 넣고 창새로 빼가 무우니, 쇠가 안 죽고 어짤 낍니까?"

"갸가 그랄 뿝법이 있겠노. 우리 막내가 을매나 착한 안데. 니가 그런 말 하는 거 아이다."

대감이 딸을 너무 좋아하는 터라 아들의 말이 들리지 않았어. 아들은 아버지가 자신의 말을 믿어 주지 않자 집을 나가 버렸지. 아들은 아들 나름대로 잘 살고 있었어. 10년이 지난 후 아들은 생각했지.

'우리 집안이 우째 됐을꼬? 필연없이^{반드시} 결단났을 끼다.'

아들은 여동생으로 둔갑한 여우가 분명 부모, 형제를 다 죽일 것이라고 생각했지. 아니나 다를까. 여우는 부모의 간도 빼먹고 남은 형제마저 잡아먹었던 거야. 동네는 아주 쑥대밭이 되어 버렸대._거제군 장목면

7-9. 고물이 되어 버린 황금

옛날 서울에 김한량이라는 사람이 살았는데, 참 돈도 없이 다니면서 술 먹는 것만 좋아하는 그런 한량이었어. 하루는 술을 실컷 먹고 여기 저기 돌아다니다 산골짜기까지 갔던 모양이야. 김한량은 산골짜기 어떤 집 대문 앞에 딱 멈추더니 문을 홱 열어젖혔지. 들어가 보니 커다랗고 괜찮은 집이였어. 이미 해는 어둑어둑해졌고 이 집에서 묵고 갈 요량으로 주인을 찾았지. 아무 대답이 없어서 좀더 둘러보는데 방에서 예쁜 처자가 나오는 거야.

"들어오이소."

처자를 따라 작은방으로 들어가니 술상이 차려져 있어. 김한량은 처녀와 앉아서 한잔, 두잔 마시다 보니 술에 잔뜩 취하고 말았어. 한량이 처녀에게 물었지.

"어찌 이 큰 집에 혼자 있느냐?"

"예, 그기 우리 집에 웬 변고가 나가지고 며칠 만에 식구대로 하나씩 하나씩 다 죽었습니더. 다 죽고 지금 내 하나 이래 살아가지고 있는데, 차례차례 죽다 본께 이 신체를 전부 몬 추고 치우고 지금 저 방에 있습니더. 그 초상만 치러 주면 내하고 자게하고 평상 해로를 하고 살겠십니더."

가만히 생각하니까 아주 괜찮은 제안이거든. 집도 좋지 술도 잘 얻어먹었지. 김한량은 저녁밥까지 얻어먹고 초상을 치러 주기로 했어. 밤이 되어 처자를 따라가니 큰 방에 송장이 여럿 누워 있는 거라. 처자가 송장을 명주로 묶으며 알려 주었어.

"요거는 우리 아부지요, 요거는 우리 어무이요, 요거는 우리 오빠요. 요거는 우리 언니요."

김한량은 처자와 함께 염을 했어. 이제 맨 끝에 누워 있는 한 처녀의 송장만 남았지. 처자는 여지껏 다른 송장들은 누구라고 알려주는데 이 처녀만은 알려주질 않는 거야. 처자는 말했어.

"염 다 해놓고 나면 갈치가르쳐 주겠십니더."

"가르쳐 줘야 염을 하지, 안 가르쳐 주면 염을 안 한다."

"염을 다 해야 갈치 주지, 몬 갈치 준다."

"가르쳐 줘야 내가 하지, 아니면 못한다."

처자와 김한량은 계속해서 실랑이 했어. 그러다 안 되겠는지 처녀는 갑자기 송장으로 쑥 들어가 버렸어. 그러곤 불이 꺼지더니 염해 놓은 사람들이 전부 일어나는데 다리 아프다, 팔 아프

다, 눈 아프다, 별 희한한 소리를 다 하더니 김한량을 쫓아와. 김
한량은 정신이 쏙 빠져서 도망을 가려고 대문을 열었어. 그런데
대문이 잠겨 있네. 김한량은 오도 가도 못하는 상황이 됐어.

결국 김한량은 처자와 술을 먹던 방으로 돌아갔어. 그 방에만
불이 켜져 있었거든. 방에 앉아 날이 새면 나가려고 앉아 있는
데, 바깥에서 발소리가 나는 거야. 자세히 보니 형체를 알 수 없
는 고물덩어리 같은 것이 올라오더니 칼을 짚고 말했어.

"이놈. 니가 여 왔으모 시체를 다 염을 해야지. 와 안 하고 있
노? 니가 염을 전부 할래, 내 칼에 죽을래?"

'죽는 것보단 그래도 가서 염을 하는 게 낫겠다.'

"예. 제가 가서 염을 하겠습니다."

김한량은 큰 방으로 돌아가 마저 염을 했어. 염을 하니 고물
은 다시 땅속으로 사라졌지. 김한량이 작은 방에서 쉬고 있는데
또 고물이 땅에서 나왔어.

"니가 그 신체들을 모팅이^{모퉁이} 어데라도 갔다가 묻을래, 내
칼에 죽을래?"

'뭐든 죽는 것보다야 낫지.'

"예. 제가 갖다 묻겠습니다."

"그래, 니가 안 갖다 묻으모 내 칼에 죽는다. 니가 살라믄 갖다
묻어라."

김한량은 어쩔 수 없이 송장을 지고 가서 고물이 말한 모퉁이에 묻었어. 그나저나 대문은 아직도 잠겨 있고, 어차피 날이 밝을 때까지 기다려야 했지. 그런데 고물은 또 다시 나타났어.

"다 묻었나?"

"예, 다 갖다 묻었습니다."

"니가 애초에 그 처녀 신체에 염할 때 안 그랬으므 수월했을 낀디…, 그 처녀도 전부 다 죽은 기다. 죽은 귀신이 돼 가꼬 신체를 취해서 간 긴데 니가 그카다 욕을 봤다. 나는 딴기 아이고, 나는 이 집에 살던 참 부자로, 정승으로 있을 때 황금덩이를 갖다가 이 구들장 밑에 묻어 놨다. 묻어 놨는데, 황금덩이가 이 집에 대대로 나오면서 파 씨지쓰지를 안한 게 고만 변해 삐리 가지고 이 집 식구를 내가 다 잡아갔다. 니가 저녁에 욕도 봤고. 그건 니복이 닥친 기다. 그러니 내일 아침에 날이 새모 이 구들장을 파가꼬 금이 한 짐이 나오거들랑 한양 올라가 종로에다 팔아라. 니 평생에 그것만 해도 묵고 살끼다."

다음 날 아침이 되자, 고물이 말한 곳을 파 보니 과연 황금덩어리가 있었어.

'이제 팔자는 고친 거로구나!'

황금을 짊어지고 대문을 앞에 서니 대문이 활짝 열리는 거야. 김한량은 황금을 팔아 부자가 됐다고 해. _거창군 마리면

7-10. 구렁이 신랑

옛날 밀양에 어느 할아버지와 할머니가 살고 있었어. 노부부는
늦도록 자식이 없었지. 하루는 할머니가 밭을 매고 있는데 달걀
같이 둥그런 것이 있는 거야. 할머니는 달걀인 줄 알고 주워 먹
었어. 그런데 알을 먹은 뒤 할머니의 배가 점점 불러 왔어. 그러
더니 점심 먹으러 집에 온 사이에 할머니는 아이를 낳아 버렸어.
그런데 사람이 아니라 짚통만 한 구렁이를 낳은 거야. 그 알이
실은 구렁이 알이었거든. 할머니가 구렁이를 낳았다는 소문이
나자 건너편에 사는 정승의 세 딸이 놀러왔어. 큰딸이 구렁이를
보더니 말했어.

"아이고, 무시라."

둘째딸도 첫째딸과 마찬가지로 무서워했지. 그런데 셋째딸은
구렁이를 보더니 말했어.

"할매는 옥동동새선배_{아주 잘난 선비란 뜻}를 낳았네."

구렁이도 셋째딸의 말을 알아들었는지 혀를 날름이며 좋아
하는 거야. 정승의 세 딸들이 돌아간 뒤 구렁이는 할머니에게 말
했어.

"할마이, 내 보고 옥동동새선배라 한 그 처자한테 낼로 장개
안 보내 주모 내가 나오던 구녕으로 다부도로 드갈 낍니더."

할머니는 할 수 없이 정승 집에 찾아가 구렁이와 결혼할 처자
가 있느냐고 물었어. 정승은 먼저 큰딸에게 물었지.

"니가 저 구리^{구렁이}한테 시집갈래?"

"어데 시집갈 데가 없어가 구리한테 시집가라 캅니까?"

둘째딸에게도 물었더니 역시 첫째딸과 대답이 같았지. 그도
그럴 것이 누가 구렁이에게 시집가려고 하겠어. 아버지는 마지
막으로 셋째딸에게 물었어. 셋째딸은 아버지가 시키는 대로 하
겠다 했지. 구렁이와 셋째 딸은 혼례를 올렸어.

신혼 첫날밤에 구렁이가 셋째 딸에게 물었지.

"집에 삼 년 묵은 꿀독 있나?"

"꿀독 있다."

"집에 삼 년 묵은 지름독^{기름독} 있나?"

"삼 년 묵은 지름독 있다."

"삼 년 묵은 밀가리독도 있나?"

"밀가리독도 있다."

구렁이는 셋째딸에게 부탁해 꿀독과 기름독, 그리고 밀가루 독을 준비해 달라고 했어. 세 가지 독이 준비되자 구렁이는 방문을 모두 닫으라고 했지. 그런 다음 처음에는 꿀독에 빠졌다가 그다음에는 밀가루독에 빠진 다음, 마지막엔 삼년 묵은 기름 독에 빠지는 거야. 기름독에서 나오더니 구렁이는 허물을 벗고 잘생긴 새신랑이 되었어. 정말 '옥동동새선배'였던 거지. 신랑은 말했어.

"내가 서울로 과게科擧 보러 가다가, 전생에 우리 부모가 죄를 지이 가꼬 과게를 못 가고, 천상에서 알을 주 가꼬 알로 변해가 내가 환생還生을 했다 아이가."

하루가 지나고 첫째, 둘째 언니도 신선 같은 신랑의 모습을 보게 되었지. 자기네들이 구렁이한테 시집을 못간 걸 후회할 뿐이었어._밀양군 무안면